时间的眼睑

在雪花飘舞中睁开　音乐和诗歌的花瓣

在心灵的春天里飞　格外芬馨

凤翎

许见远 著

江苏大学出版社

镇江

图书在版编目(CIP)数据

风翎 / 许见远著. — 镇江：江苏大学出版社，
2019.7
ISBN 978-7-5684-1142-4

Ⅰ. ①风… Ⅱ. ①许… Ⅲ. ①诗集－中国－当代
Ⅳ. ①I227

中国版本图书馆 CIP 数据核字(2019)第 134381 号

风　翎
Feng Ling

著　　者/许见远
责任编辑/常　钰
出版发行/江苏大学出版社
地　　址/江苏省镇江市梦溪园巷 30 号(邮编：212003)
电　　话/0511-84446464(传真)
网　　址/http://press.ujs.edu.cn
排　　版/镇江市江东印刷有限责任公司
印　　刷/南京艺中印务有限公司
开　　本/890 mm×1 230 mm　1/32
印　　张/9.5
字　　数/230 千字
版　　次/2019 年 7 月第 1 版　2019 年 7 月第 1 次印刷
书　　号/ISBN 978-7-5684-1142-4
定　　价/56.00 元

如有印装质量问题请与本社营销部联系(电话：0511-84440882)

序一　风物因歌而妍

柳江南

　　见远的诗集要出版了，是件值得庆贺的事情；叮嘱我写个序，实在有点为难。作序这种事古人是有说法的，二十多年前我自己的诗集出版和后来的再版重印也就一直是自己写个前言，算是个自序吧。

　　翻开见远的诗稿，回想同见远相识交往的岁月，除了慨叹光阴似箭，岁月飞逝，也感慨我们的友情，更感慨见远的奋力前行，不懈努力，所取得的成绩，确实应当点赞！

　　诗集中的这些诗，是见远近几年也是他五十多岁后，三年多的时间完成的，这应当更令人尊敬了，因为按中国古人的说法是诗酒趁年轻。他的诗我觉得"歌"的意义更多一点，因为中国的诗与歌在内涵和外延上是有些细微差别的，或者说各有侧重。诗在节奏上讲究铺陈一些，而歌在旋律上要突出一点。正如见远在后记中说的，自小应当受的是庄子和屈子文化的影响，因而埋下了诗歌的文化种子。其诗的内容出现的是大量的时序季节、风物人情、军旅情怀、友谊爱情、人生感怀、家国感慨，从内容到形式都是一种很强很足的歌的旋律。《星光》中他写道"音乐是思维着的声音，音乐是比一切智能、一切哲学更高的启示。领悟音乐的人，能从一切世俗的烦恼中超脱出来。音乐有一种魅力，可以感化人心向善，让灵魂在欢乐的阳光里升华"。这种沿袭中华民族经典诗歌的歌诗方式，我想是见远正运用着的，只不过见远不知不觉地有所侧重，而且更适合于今天这样一个信息化程度之高，而且自媒体泛滥的时代罢了。

透过见远的这些诗，不难看出见远对军旅难以割舍的那份情怀。曾经军旅，在知天命的年龄，回望军旅，再来通过诗的抒情再创当年之朴素与热血情怀，是一件挑战自我的事情，从人性的本体上说，是一种充满了理性的再创造，有可能比原始层面更高、更智慧、更率性，也有可能迈入口号式的干涩与语言的贫乏。从文学本体来讲则让诗歌干了散文和戏剧功能上的事情。但见远对军旅情怀之深不喻自明，因为情深，则突破了制约本体层面的东西。所以我们看到的是见远仍然是当年水兵的那种冲锋的姿式，那种面对大海大江大河的情怀，那种面对军旗的誓言，那种面对战友的无私，那种面对爱情的苦涩，那种面对社会的和善友爱。《春之约》中"军号卷起太阳翅翼之风，军号飘逸月亮心翔之絮，太阳光辉照映讲台授道的形象，队列线条磨砺雁阵凌霄的果敢，军旗下紧握拳头里滚烫的誓言已镌刻金子般的心坎。洁白的征帆刻录下蛟龙的搏跃，樯桅测量闯海者不屈的意志力，翱翔的海鸥吟咏踏浪者坚韧的诗行，海魂铸就征服者驾天凌空的胆略，豪迈和执着的赤诚钤印在悠悠苍穹之上"。"绿色军营的名字，在岁月风雨地冲刷中不断更新，但'战友'的称呼从不变更，用特殊材料塑成的特殊情感，仿佛封存的醇浆历久弥香。"在《祖国，一个水兵的敬礼》中，他说："我的血管常常涌起对海的莫名冲动：水兵的汗，水兵的泪，水兵的爱，水兵的情，水兵的梦，水兵红色的基因……"正是这种一以贯之的情感,长期养成了他不变的作风和坚持,在《致战友》中从当新兵还没有换新军装开始,"新兵的青涩镌刻英气的脸颊,漫长的军旅生涯,好奇和期冀的浪花里启航"。即便他转业到了地方,他在梦里一定常常在军号和军营中、在船艇的远航和停泊中生活着,自然他的感情也在不断地备航与锚泊中。

枇杷黄熟石榴花红的季节,诗歌不以季节的更迭和时间的久远而稍逊颜色,那是因为她带着始初的情爱,像见远诗集中写这些普通的风物一样。在即将迎来的万物互联的时代,社会在远离诗歌和糟蹋诗歌,而见远很是珍视诗歌,以及诗歌所负载的羽衣与盔甲。他在读了策兰的诗集后说:"在另一种时间里,死亡的花在开放吗? 玫瑰泼溅上泉水泪水,熔化在更灼热的睫毛上,一只硕大的蝴蝶在飞? 在一个春天里,得到一种疼痛的收获,心灵的帘睑被火焰清洗,幸福向在飘拂的春风微笑招手……"诗者无法仗剑而啸,那就执花而吟,次者哪怕击弦而歌,因为他守望了人生的品质,或者今天流行的初心。追求有盲目的成分,而选择则是权衡后的决断,我想五十多岁的热血激情一样在见远的胸腔澎湃与歌唱,那是天空与灵魂的声音,祝愿见远有更多更好的诗作问世!

我们期待着!

(作者系无锡市委常委,某部政委,中国作家协会会员,江苏省文联副主席)

序二　右手书法左手诗歌

蔡永祥

1990 年 1 月的一天，我刚刚从海军南海舰队调到镇江陆军船艇学校教练大队工作，第一次认识了时任 3 号船副船长的许见远。他当时是以副顶正，代理船长。我清楚地记得，在船长室不大的空间里，飘着满满的墨香。仔细一看，竟有许多书法作品，层叠在办公桌上。

船艇部队的生活，单调而枯燥，而他，用练字让自己过得很充实。他知道我爱好文学，且发表了一些作品，我们俩的言谈中，竟然有了一种文人间的惺惺相惜。他谦虚地谈到对书法艺术的喜欢；我直率地谈到文学之与我的梦想。一次相见，如老友重逢，竟有谈不完的话题。

时间不长，我调到了学院机关，而他职务不断晋升，直至当上了大队的行政主官。期间，我经常到所属基层单位调研和考察，也多次到过他的办公室，所去之时，总能闻到墨香，总能看到他的书法作品。由此，我更加了解了他对于书法的痴迷和热爱程度。

记不清是什么时候,忽然有一天,他和我谈起了诗歌,当然是从我的诗歌谈起,他谈了自己的感受,谈了对一首诗甚至一首诗中一句诗的理解,他的谈论让我惊讶。我惊讶的是,他居然记住了我写的诗,能把我的诗倒背如流;我更惊讶的是,他居然评价得如此到位,如此专业。

实际上,我应该注意到的是,此时的他,已经在写诗了。在我看来,诗歌与书法,本就是相通的,都是通过文字作为载体,传递一种信息,表达一种心境,抒发一种情感,蕴含一种意蕴。无论在题材内容、创作旨归、表达方式方面,还是在解读情感、作品立意和构思等方面,都存在许多相似特征,有着异曲同工之妙。

可以想见,见远兄在喧嚣俱寂之时,手执毛笔,若无所思,或若有所思,或即时即景,或一蹴而就,或久郁一抒,一首诗歌划过脑际,情感融铸笔墨间,只见他轻轻落笔,或含蓄蕴藉,或幽婉隽秀,或清新自然,或恢弘奔放,一纸书法倏忽而成,书美与诗美同辅同呈,相得益彰,此中意会,旁人哪知?

现在,一本厚厚的诗集《风翎》就摆在我的面前,我不觉惊叹:这家伙,厉害了!细读见远兄的诗歌,我觉得有不少他自己的特色。

一是哲思意味浓。

第一首《大海》就很有哲思意味:大海是面镜子/在无尽展开的波涛里/凝视人的灵魂,倏忽发现/你的精神也同样是一个咸苦的深渊。作为一名船艇部队的军官,他每一年都有许多时间在大海之上,要么驾驶,要么指挥驾驶,总之,都是和海在相互搏斗、相互较量:几十年过去,你和大海之间是/相互搏斗,相互较量/相互爱恋,相互欣赏,还是?/征服与被征服,才是一种真正的刺激向往。但当他们相互凝视,才发现,都有着一个咸苦的深渊。

在《雁阵》这首诗中,他把雁阵比喻成倏忽而逝的时光,他敬告那些无知无畏的光阴挥霍者:雁阵带走光阴簇拥着的清纯/剩下全部留给——/那些遗憾的沧桑和灰白的衰老/那种被污染过的白色/在哀叹中覆盖黑色的死亡……

在《机遇》里,他思索人生的得失,思考生命在时间浪潮里的新生和消逝,思考机遇像一扇门豁然洞开:时间的浪潮不停冲刷海滩/一枚蛋受胎、破壳、飞起/另一枚在浪潮拍击中废弃……海浪卷走了什么?/一扇门永远关闭/一扇门豁然洞开。

还有如《年轮在不同心理规尺中检测——致未老先衰与老而不衰的人们》《闪电》《平衡》《平行线》《一种不期而遇的相遇——致从情感与物质痛苦纷争中解脱出来的人们》等,无不闪耀着哲思的光芒。

二是抒情气息重。

罗丹说:"生活中不是没有美,而是缺少发现美的眼睛。"可以说,见远兄有一双发现美的眼睛,他对自然景物和生命景象的敏感,渗透着的是他作为诗人的自我审美意识,是与诗人的情感状态、诗艺修炼、知觉特性紧密相连的,他以山水田园为写作背景,赋予那普通的藤蔓、香桃木、春雨以灵性,他用欢快的笔调写下他的发现。

《向上的生命》是从绊住他脚步的藤蔓开始的,他干脆收住匆忙的脚步,他又发现一滴晶莹露珠的滴落,这回,诗人的想象开始了:一丝惬意涌上心头/随岁月的心絮飘飞/心灵哲理之锤撞击心扉。他要聆听万物生命的琴音,他要从这些杂乱无序的音符中,攀越一个个时光的音阶。终于,他寻觅到生命的真谛:葡匋,螺旋,攀援/不屈前行的姿致/追寻生命内涵延伸拓展的天梯。即使是下行,也是一时之态:沿峭壑绝壁坠落的惯性/悬垂向上蔓发的绝技/蕴积升力能量的天性之美。

《香桃木》《相约》《火种——致善良敦厚、自食其力的特殊群体的人们》《第十二次献血》《祖国，一个水兵的敬礼》《风暴在积聚》，从这些诗歌里，都可以看出他的诗歌表现的面非常广，视野很开阔。春雨也好，风暴也罢，大自然的一切，甚至一次小小的聚会，一次献血活动，都能引发他的诗情。人生在诗人的笔下充满着生机与活力，它富有缤纷的色彩，它弥漫着醉人的气息，它交织着感性与理性，汇合着爱与梦幻。同时，见远兄还善于从前辈优秀诗人那里吸取艺术营养，因此他的诗作语言有弹性，思维跳跃，结构精巧，时有令人惊奇的语感与句式，给读者一种丰厚的生命感觉，一种清新的生命体验。

在他的诗歌中，不乏对书法状态的抒情。在《墨晕》中，他把一个个汉字，想象成礁石旁的涡流，想象成灵动翻飞的海鸥，想象成一艘船绝妙的航迹，而他的墨韵诗性的无限之情、眷眷之心，都随着鲜红钤印落在纸上。在《月光》中，他把海、风、梦、爱都想象成一条流淌的河，流淌在他每一个写作的月夜里，流淌在每天晚上静悄悄的创作中，流淌在生命的所有月光下：海，月光下的河/风，琴弦上的河/梦，心弦上的河/爱，心灵里的河。

三是生活韵味足。

生活就是诗，诗就是生活。读见远兄的作品，我被一种浓郁的生活气息所围绕所浸润。

海德格尔曾经说过，我们要诗意地居住在地球上。见远兄是一位对生活对工作充满激情的人，他的诗与生活贴近，融合和谐，合二为一，他时刻发现并体味着生活的诗意，这或许就是一种诗意的居住，这其中蕴含了他的人生哲理，蕴含了他对生活的热爱、理解、包容与超越的姿态。情怀与热情是诗人创作的发动机，只要有这种热情，就会创造出美好的诗篇。见远兄的诗不但让我们顿悟人生，也让我们明白人生的追求，他对生命、对岁月有着自己独特的见解，通过诗句讲述出来，这种讲述如同悠扬的旋律叩击着读者的心弦。也就是说，见远兄的诗歌都是从心灵深处流淌出来的真情的泉水，他的诗歌写作是有根的，根就扎在他家乡的土壤里，扎在他的第二故乡镇江的军营里，扎在他热爱的亲人和战友里，因而他的诗歌充盈着人性的和谐、心灵的善意和对生活的思考。

见远兄写给妻子的诗歌有好几首，每一首都充满真情，也写出了生活的本真。在《珍珠恋语——三十年珍珠婚感赋》中，他抒情地写道：两片心形的枫叶/一片金黄、一片丹红/在风轻云淡的碧霄里/飘逸散溢恋人世界的静谧和芳馨。然而，生活又不可能总是风平浪静，即使最恩爱的人，也会有忧愁和烦恼，但在他的眼里，这些是随冬季而来的，很快，那如笑脸般的梅香，就会融化悬挂的冰棱，而真正的婚姻，应该是一种清淡和纯真：海棠绽开温和美丽的涵义/无香的平淡才是生活和婚姻追寻的极简/厚重的誓言生长在海棠的血红里/沉甸甸的季节盛满着日子的清淡和纯真……《翅翼——致抚琴时分的美丽爱人》里，他把上下翕合的黑白琴键，想象成鸟的翅膀，在惬意的空天划下无形的幽径，把那优美的琴声，想象成星星的微笑。

《融入骨髓里的怀念》《天籁》《夏之歌》《出梅》，从这些作品里可以看出，生活的触角融进了他诗歌的空间，或者说他的诗歌的神经已经爬遍了生活的每一个角落。

四是战友情谊深。

我读见远兄的作品心情总是不能平静，特别是描写部队生活的场景，歌吟军人的奉献等诗篇的每一个意象、每一种色彩、每一次咏叹，既是他几十年军旅生涯的映照，也是他自我心理、自我心灵色彩和音韵的外化，让我看到了他心灵深处的精神和诗意的升华。

《星光——致一位美丽的自主择业女军人》，毫无疑问，是写给一位喜欢音乐或从事音乐工作的女军人的，这个从出生就萦绕美妙天籁的军人，是一种美的化身，能感化人心向善，让灵魂在欢乐的阳光里升华。《春之约——致母校退役的战友们》，是一次战友聚会时，他创作的作品。那天，我见证了他的激情和盎然诗意，他用那带着安徽口音的普通话，深情朗读了这首诗，赢得满场热闹的掌声，也把聚会推向了高潮。每一个军人，从他当兵的那一天起，就已经把自己交给了部队，而转业又是大多数军人不得不面对的问题。可以说，大多数把青春年华奉献给军营的军人，是不愿意转业的。见远兄开头写道：疼痛的灰烬已随冬雪消融/积淀于骨髓里的浓挚情感的激荡/发出春天之约。他写的疼痛，就是离开军营之痛。他知道，这样的疼痛会慢慢消融，特别是消融在战友的聚会里。因此，这样的聚会是令每一个战友向往的。因为，只有这时，他们才可以尽情回忆曾经的青涩和稚嫩，曾经洒下过的风霜雨雪挟裹着的汗水和泪水，这份感情是永远的。正如他在诗中写道：绿色军营的名字/在岁月风雨地冲刷中不断更新/但"战友"的称呼从不变更/用特殊材料塑成的特殊情感/仿佛封存的醇浆历久弥香。

类似的诗还有多首，《相聚——情感碰撞的浪花》《不落的帆——X1003船战友相聚感赋》《追逐号角之风——"八一"建军节之际，致号角下冲锋不息的战友们》等，都是他军营情结的自然流露，都是他战友情深的诗意展现。正如他在诗中表达：我的灵魂，总是/随着如鹰一般高飞的军魂而去/波涛如血磨砺和平的岩石/闪烁的天际线/收束起天边裙裾的飘逸。

诗歌是文学的白马王子，是语言的奇妙组合，是思想芬芳的花朵，是人性之美的灵光，是人类最纯粹的精神家园。我常常思考，一个诗人到底应该带给读者一些什么呢？我想诗人最终带给读者的应该是一些清新的感觉，一种独特的味道，一种唯美的氛围，一种想象的美好。见远兄是一个把血肉气脉嫁接到文学和艺术之上的豪情男儿，是一个以真情和执着来营造诗歌意象的诗人，是一个融墨香和诗韵于一体的书法家，因而他的诗歌就是对生命美好、时光流逝、情感人间等的眷恋、追忆和诗颂的一种方式，他是用诗歌的抒情性、浪漫性、激越性，来解读这个时代，来解读人生和生命的真谛。野柏丛生长于野，方有其坚韧不拔，他的诗歌不是庙堂之作，没有来自象牙之塔，而是从他扎根的生活而来，因而诗笺字间，无不渗透着泥土气息、生命的芳香，妙造得于自然，匠心时有天成。

但是，毋庸讳言，见远兄毕竟写诗的时间不长，对诗歌写作时的语言、节奏、意象、技巧的把控，显得不那么得心应手，还有追求辞藻华丽、过度抒情、接地气不够的感觉。瑕不掩瑜，一本诗集能给我们那么多的感悟和感动，就已经足够了。

此刻，天色微曦，屋外的鸟儿已经叽叽喳喳起床了。我一边听着这大自然馈赠的美好，一边欣赏着见远兄的诗稿，如同品一杯浓香的茶，诗中浓郁的生活气息、战友感情，让我感到亲切和舒畅。作为战友和文友，我真诚地祝福他在诗歌之内和诗歌之外的生活都更加精彩，也期待他的诗歌和书法创作，呈现出更加鲜明的个性特征，更加灵动而简练，更加空灵而富有内涵，从而抵达一个新的境界。

2019 年 5 月 28 日凌晨于天趣阁

（作者系镇江市政协文化文史委主任，中国作家协会会员，镇江市作家协会主席）

目录

哦， 大海

离海久了
一种眷恋如丝如缕
哦，大海
将珍爱镌勒于心碑

大海是面镜子
在无尽展开的波涛里
凝视人的灵魂，倏忽发现
你的精神也同样是一个咸苦的深渊

你和大海全都阴郁而缄默
谁也探不到那深渊的底部
也无人知晓深藏的财宝
皆如此珍守着心中的秘密

你喜欢投到自己倒影的怀里
用双眼和双臂将他拥抱，而你的心
甩掉礁石的纠缠，已随浪花而去
继续抵达远方彼岸的征程

几十年过去，你和大海之间
相互搏斗，相互较量
相互爱恋，相互欣赏，还是？
征服与被征服，才是一种真正的刺激向往

哦，大海
永恒的战士
永恒的对手
永不和解的兄弟，我的大海！

——2017 年 6 月 29 日

远航

夜色在号角的回声里渐渐退去
离港的信号旗悬起，启程！
征帆鼓满激情，好奇和冲动被阵风搅混
紧张的心随着波涛的节奏前行

喜欢海洋和长空者
长着宇宙大的胃口
世界在海图上是多么的渺小
抬望冲霄的海鸥顿觉海空寥廓

燃烧的血液随着歇斯底里的鸟鸣律动
浪花如莲串起千万个祝愿
翩妍的海燕映衬闯海者的风采
樯桅在大海的有限里摇曳着航海者的无限……

自拍起群鸟绕桁嬉戏记忆的视频
一个接一个的连天巨浪吞噬浩瀚的星空
航向偏离至危险的方位
迷失和绝望同黑夜一同降临

汹涌的波涛撞击紫褐的礁岩
发着萤光的恶浪宛若从空天倾泻

挟裹起巨大的力量咆哮着奔向幽邃的深渊
一次次驶过险浪海程的岬角……

恐惧与死亡随船体一起滚动
憧憬在疲倦和麻木中沉入幽暗的海底
残酷不停地鞭笞着朦胧的星月
灯塔倏烁处升起黝红的击搏

摆晃的桅杆蕴积旌旗猎猎的力量
狠狠拔起地平线的丝缕
褐红的闪光点燃一种向上的激情
赧红的太阳喷薄出万丈霞光

骚动簇拥欢笑如奔雷跌宕
洞穿幽渺的天穹
前方的大鸟振翮高飞
闯海者随之心荡神融

云彩幽幽披拂散乱的秀发
旗幡和燕鸥竞相梳理
一波接一波黑压压的鱼群
发出一种奇妙的豚音，萦绕渔夫者的心头

喜悦悬挂船舱的舷窗
飘拂在迎风招展的旗梢
航迹线蜿蜒翻卷海味浓烈陌生的泡沫
亲吻别离沙滩金色的温柔……

——2017 年 8 月 15 日

飞越

在江河之上，在崇山之上
在吞噬宇宙的雾霾之上
越过浩渺的空天
越过奇妙浪漫的天体边界

踩踏霾的幽灵
像健壮赤裸的冬泳者
带着一种强烈心跳的喜悦
朝着太阳路径的方向展翔

飞得更远些，远离霾的侵蚀
让空天净洁的空气吹拂涤尘
尽情饮呒清澈之地轻灵的火焰
宛如高歌豪饮仙宫流霞

让灵魂展开远行的梦翎
向着上面那温暖而宁静的地方振翅凌霄
盘旋于喧嚣尘世之上，聆听花朵和鸟儿
翻译无声之物原生态语言的声音……

——2018 年 1 月 21 日

雁阵

——致无知无畏的光阴挥霍者

雁阵在窗前排列，一阵鸣叫
将人间情愁镌勒碧霄
柔弱的羽翎将秋的金色融化
坚挺的展翼
欲将冬的薄纱给大地披拂

宇宙的血液
冲破生命的胎衣
从浑沌洪荒的源头处流淌
水滴　涧溪　湖泊　河流　海洋……
蕴积成浩森的光阴时空

雁阵裁剪时光风景的图腾
雨滴般晶莹细胞的美妙游离
星宿般原始生命的神奇组合
赤裸裸的啼鸣点亮生命的世界
成长的烦恼和幸福搅浑光华的清澈

雁阵带走光阴簇拥着的清纯

剩下全部留给——
那些遗憾的沧桑和灰白的衰老
那种被污染过的白色
在哀叹中覆盖黑色的死亡

朔风吹走了远去的雁阵
暄和亦渐渐随之而去
白色和荒凉，黑暗和寒冷，孤独和恐惧……
又像天上的星星那样
组合各种任何人都不得不接受的一种星宿……

——2017 年 10 月 11 日

机遇（外二首）

时间的浪潮不停冲刷海滩
一枚蛋受胎、破壳、飞起
另一枚在浪潮拍击中废弃

现在和过去的光阴
皆以为已流逝不见
其实她会在未来的时光里闪现

探索的尽头其实又是新的起点
平生总是为此追寻
终点的回音是对新的起点回忆呼应

海浪卷走了什么？
一扇门永远关闭
一扇门豁然洞开……

（一）告别

今年的夏早得有些意外
从阵雨中悄悄来

春天用魂灵点燃闪电

收敛温柔和浪漫

又以雷噪之势与夏天挥别

葱茏逐渐替代绚烂的主题

雨滴背负生长的重量

钻进大地的心房，生命因子的希望

幽幽黑暗里伸展

火鸟般的夏破壳瞻望

（二） 背负

追求完美

有人用虚荣来掩饰

有人靠艺术去美化

虚荣揿下炫丽的开关

背负孤独和恐慌前行

暗黑成为永恒的缺陷

艺术和缺陷恋爱

感觉背负一位女神渡河

自豪而又天真的一路高歌

——2017 年 5 月 29 日

窗前

凝伫在窗前
迷失的雾遮住漂浮的弯月

隐约的帆
扬在春天的表层

驾驭宇宙的意志航行
长长的银河载着一支唯一的船队……

——2017 年 3 月 23 日

年轮在不同心理规尺中检测

——致未老先衰与老而不衰的人们

光阴，任何力量皆砸不碎
时间，凭谁都拉不回
生命之舟放逐时间长河里
攥紧她那轻灵的翅膀
微吟无限瑰丽与芳华

将心灵储存时光的银行
随曼妙波光谐振
浪漫浸润寂寥的孤单
将心理的弦柱与时调节
枕林籁泉韵入眠……

时光应是哲学逻辑的老师
诗心驿动光阴的璀璨
芳华镌勒时空的永恒
历史天穹蓓蕾绽放
远方始终就在身旁……

——2018 年 8 月 26 日

海与心脏

——致 97 级学员一队同学战友们

是大海澎湃了心脏的律动
还是心脏搏动起大海的磅礴
看不见的流逝光阴
为何迟迟未作回答……

是青春的火焰
燃烧了二十个荡漾在心扉里的时光
还是时光流走了憧憬曼妙少女般青春
光阴却从不回答……

青涩鼓足了勇气
叩开前行的绣闼
迎头而来的是迷雾濛濛
让迷失的汁液粘附寻觅光明的眼睑……

人生向上的真理
迷茫的黑暗里摸索和苦渡
书本于行囊里丢失
茫然自践行的土壤里发芽

哦，梦在追逐中确立方位
嫩苗在五色梦乡里成长
是事业藤蔓缠绕了家庭幸福的蓓蕾
还是蓓蕾娇娆了葱郁的藤蔓？

人生四季的藤蔓
萦绕情爱搭建的小屋
情爱牵携幸福之手
弹奏出藤蔓各自的自信和傲慢

一个闪电，一声雷响
一路芳香，一时迷茫
一阵心跳，一事失望
或遇困惑，或生引力
抑或无语，抑或泉涌

海浪拍打宇宙的心脏
宇宙泡沫淹没海的灵魂
烈酒吸收泡沫的陌生
泡沫放荡了熟悉的酒性
事业之石垒起家庭之厦

回眸一笑
情感伴随灵性的春秋
踏奏生命和时光的节律……
一个淡然的微笑
将平淡的人生沁润在微笑的幸福里……

——2018 年 8 月 18 日凌晨

登华山

羽翎之箭

穿透鸿蒙之气

飞向绚烂的莲花

霁峰翩起莲叶

秦岭寥廓风尘莽莽南溟

黄河渭水从宇心喷出

如丝如缕绕麓润根

又若挥椽巨构隽永如斯

五岳刺破湛蓝天穹

云涛怒涌起绝天紫浪

龙脉之弦奏响巨灵之吼

洪流之剑镌勒情趣仙乡

鹰翅难越，雁阵落峰

聆听危坐巨人天语之籁

风醉香云嗡嘤嘤轻灵神曲

澎湃的心潮激荡在元首（南峰）之巅

悬绝在长空中绵延
奇险的足痕蓓蕾绝妙诗韵
翠崖丹谷龙脉缠绵
云冠魔幻之刃雕琢万山之太

乘驾龙脉拍天之气
踩舞地心浑厚节律
脉动根的虬卷蕴藉
振翼太华腾骞凌霄……

——2018 年 8 月 17 日

火种

——致善良敦厚、自食其力的特殊群体的人们

木炭用黝黑的自信
点燃夜的黑暗
幽蓝火焰婆娑生命的基因
本能的螺旋攀援与脉动

玉米粒金灿灿中爆花
散发生命本能的芬芳
饥饿和防御的反射能量
护卫生命的成长

音节混浊的生理之光
将人性火炬点亮
生存的欲望
激荡生命泡沫陌生的远航

生命之舟漂泊人性的海洋
善良之花绽放舟筏的弦窗
黑暗里的火种
贮藏柔软而又精制的玲珑红匣

舒卷的云彩天际线处上下涌动

雨霁之弓

射出新秋的霓虹

吞噬黑暗与污浊的幽灵……

——2018 年 8 月 13 日深夜

山城清晖

——戊戌初秋首临陕西山阳县城感赋

群山将奔驰的双足
伸向小小山城的心窝
与巍巍秦岭血肉相连
连至曾经金煌璀璨的唐朝皇都

穿越 1700 余年的时光隧道
是谁想起在山麓的足背上构筑山城
山阳、丰阳，大自然厚泽滋润
阳光雨露之剑镌勒了响亮而又永恒的芳名

历史的烽烟燹火
淬炼文化传承的品质
秦风熏陶出粗犷的豪雄
楚韵陶冶了精致的飘逸

豪雄的豪情万丈横扫天下
骄纵的虚飘必将走向灭亡
痛定思痛的长枪大戟
最终绝灭一种历史重复的骄纵……

丰阳河的精灵之矢
射穿古老小小山城的魂灵
皇都磅礴的脉动与呼唤
回荡秦岭八千里的胸襟

汩汩清流向往和逐梦
是匆忙、是急迫
还是一种地理迂回
未择方位却向西奔逐而去

20 公里的曲折蜿蜒
才肯掉头向东融汉江终汇长江
啊啊，仰天大笑，俨然大海澎湃
呵呵，嫣然微笑，宛若涓涓溪流……

沉淀，一种史诗般的沉淀
古皇都豪奢的熏蒸
苏维埃质朴的栉沐
民风民俗民情
凝炼出散曲般瑰丽和如斯隽永

小小山城的文化底蕴
搏动起秦岭龙脉的谐振
那种激烈着的震撼
翻腾起文化厚重的液汁
刻骨铭心的醇香馥郁

搅拌秦楚粗犷飘逸的豪雅与豪迈
歌吼滚滚，鼓声阵阵
秦腔楚乐蓓蕾文化自信的花朵
挥毫，泼墨，谱就鸿篇巨制
击鼓，颂咏，舞动崭新乾坤……

——2018 年 8 月 13 日

桥

一座奇状的桥

通向晶莹蒄色的天空

桥下信潮澎湃水的湛蓝

壮阔得如梦中大洋的手臂

搁在我的心尖上

爱抚困惑和吸引力地成长

回眸间——我的爱抚

站在长满嫩绿小草的桥岸……

——2018 年 8 月 10 日

黎明

一种莫名的失眠
像海浪在衾枕上翻滚
亲吻晨曦幽柔的躯体
将飞驰的心暂时束约
宝石般的眼瞳睁开
轻翅在枝头上飞去

滴滴快车
挤进信息的涌流
在晨晖洒落的宽道上驰骋
露浥夏叶滚落初秋的羞涩
葱绿而又空旷
却未看见花的踪迹

钢轨和桥梁的灵魂
放射飞驰的琴弦
你好！新曦散发飘过远处的丛林
机械时间在宇宙物质里碾压
心里时间
已在相约明日曙星……

——2018 年 8 月 9 日

致友人

玛雅可夫斯基
用天才诗情和真性情的笔触
一吐为快地欲咒仙逝的领袖
却在字里行间颂歌了真理之常寻

情感拨弄时空的琴弦
断裂阻隔不了情愫流淌的永恒
何须在举手之劳间忧虑徘徊
踏上什么为人所不齿的一脚
不够，甚至两脚……
那仅仅是弱智症极限的本能

情感的精灵
在心扉搏动的波峰上攀援
情塑的踏浪板滑翔天边
璀璨如雪的印痕镌刻如斯隽永的神韵

诗性与善心的融合
突起的人性洁净的滩头高地
松风自来，竹籁恬静

至于其他，也应是大自然的融合

忘记的忘记
谁又言"如此之如此"
何须风竹下独酌
更不必醉卧七贤雅会的云台

墨未干，香韵欲蠹云霄
诗情勃发
夏萤更添暑夜的兴致
又问，谁邀福尔摩斯巧破此迷……

——2018 年 8 月 8 日

湖（外一首）

大楼门前的湖
隔开了对面的一条路
笨重的圆球岩石
扰乱了湖与楼的中轴

湛蓝的湖心
闪烁夕晖的波粼
鸟儿飞向高处
枝头摇晃颤巍巍的寂静

夏夜之火
在湖岸树林里燃烧
天空的云连着风
飘浮在梦乡

一只洁白的鸟儿
沿着湖面波浪之风的脊背飞翔
若灵光闪现，掀起绮梦的薄纱
一种看不见的赤裸在黑夜的丛林里游荡……

夕阳

湖水干涸了
没有鱼，没有需要的一切
等待，等待甘霖
甘霖不可能随意而来
会在田地干裂之时？……

夕阳无力地下去
那种刻骨铭心的爱
随之一起转动起来
无须去说，说了宇宙也会见外……

——2018 年 8 月 3 日

一种不期而遇的相遇

——致从情感与物质痛苦纷争中解脱出来的人们

时光的流淌
谁会知道一朵花
怒放在举觞之时

旋转的时光浪花
搅起那早已淡忘的一缕涟漪
她让 18 年前存封了的花朵嫣然绽放

精神与物质的碰撞
物流可能会改变方向
而精神的改变会控扼物质的世界

呵，可怕的物欲
会淹没物质的世界
而更可怕的是精神世界会在纷乱中短路爆燃

一种纯洁的流质在身心流淌
嗯，生如夏花之绚烂
会与蓓蕾四季接踵而恒芳……

——2018 年 8 月 2 日

追逐号角之风

——"八一"建军节之际，致号角下冲锋不息的
战友们

号角的风，拂去
心灵丘壑里岩石上的尘埃
梦从闪耀中醒来
生命、和平、守护、憧憬
启程，继续不停地前行……

我的灵魂，总是
随着如鹰一般高飞的军魂而去
波涛如血磨砺和平的岩石
闪烁的天际线
收束起天边裙裾的飘逸……

悲壮惨烈的弧线闪电
蓝色的生命之焰
镕琢肮脏野蛮丑恶的烽燹顽石
正义之手在号角的脊背上挥剑
顽石在死亡……

生命的颜色
浸润绚丽和平岩石的底蕴
仰望和抚摸时的幸福汁液
溢满旌旗的皱褶
蓝天下，随鲜红的憧憬风翎飞扬

和平岩石的拳头之下
享受在幸福水波上的浮梦
追逐时的壮烈
燃烧着舒卷的梦的云裳
长久地守护
僵硬了雪亮睿智的眼睑
停歇闲挂，锈涩了当初追捧的可爱
锈迹在寻常日子的钢板上彷徨呐喊碰撞

旋开晦暗的门阀
生命的绳索
升起并肩星月的征帆
在那心中云梢下
在那号角之风里
启程，崭新的航程
继续向前……

——2018 年 8 月 1 日

冲刷

雨点

倏忽爆发出猛烈的姿势

荡涤盛夏燃烧着的赤裸的灵魂

污浊了的清凉

漫溢在微湖的唇边

欲望的重力加速度

驾驭湖岸碧绿的柳叶

像闪烁寒光的短剑

刺痛宇宙价值的内核

染了色的欲望项链

戴在黑夜黝亮的脖子上

驱逐星星和月亮

阴暗、渺小、丑陋的精灵

在我呼吸中点燃并化为灰烬

腾起的雾霭

牵动莹白弧形地平线

瞬间少了那贪婪的色彩

却浓厚起我睡意的甜味……

——2018 年 7 月 30 日

第十二次献血

一种可爱的红
在你的躯体里奔腾
那是生命脉动的神奇

跨越生命的内海
是否又欲探索生命宇宙的浩瀚
个体间谐和共振奏起宇宙心海的澎湃

呵，离不开的生命颜色
承载时空的情感
流淌着历史长河的天韵……

——2018 年 7 月 23 日

致魔笛

是谁将纺织机的噪声
编辑成传奇的胎教韵律
又是谁将蜿蜒坎坷的山径
编织了白天鹅凌霄的梦翎……

牛羊将原生态流动的音符
簇拥小主人的孤寂
饿狼放射的寒光
燃尽山峦那边胆怯的霓虹

爷爷慈祥的美髯里
长满了故事的藤蔓
如潮起伏般的呼噜声里
又将不幸而又幸福的摇篮摇曳

卢卡·莫德里奇——魔笛
像离了群的小鸟
日子的枝丫上
啾啾歌唱，蹦跶翘望……

硝烟弥漫六岁幼童逐梦的时光
子弹乱飞，击碎温爱的瓶胆
爱和梦的汁液在野蛮污浊里流淌
藤蔓上的新芽在童心里枯黄……

从此，封闭了的心
天择足球之风的脊背翱翔
心知球性，球转心动
白天鹅的梦翎在绿色的海洋上
划出一道道绝妙绚烂的弧光……

爱和梦终会诞生天才
野蛮的燹火在金球面前失色
文明像如期而至的甘霖
喜泣融透干涸的心田
但愿将野蛮的阵地一一冲塌……

——2018 年 7 月 16 日

闪电

夏季的黑夜里
萤火虫划过后的凉风
抑或是闪电

植物世界的黑夜里
二氧化碳入侵后的舒卷
抑或是闪电

动物躯体的黑夜里
搭接地心脉搏后的谐振
抑或是闪电

生命的黑夜里
情感海洋澎湃后的宁静
抑或是闪电——心灵的闪电

——2018 年 7 月 11 日

出梅

一夜间
"邋遢梅"消失无踪
天空清澈起来
蓝天跌落门前的湖底

湿气在蒸腾
似乎欲去相迎远道而来的台风
枝头放射刺眼的绿光
燃烧着的烦暑扑面而来

云与风的较量
天空是透明的战场
雨滴与汗滴碰撞
是人心和天心的交融

风吹落了烈日
叶片闪烁星月的液汁
暑气散落于四周的地平线
夜色将恬静在空旷的原野镶嵌

宇心在跳动

时空的眼睑在倏烁

夜在屏息中延伸

一束微弱的晖光闪现……

——2018 年 7 月 10 日出梅翌日

雨夜周庄（外二首）

天堂的心扉旁
脉动宛若一段银河坠落的水乡
波光粼粼，水巷雨烟里
夜风摇曳着灯船画舫

濛濛江南雨，依依谱心曲
隐隐的乐声
颤动着古镇的寂静
触及耳鼓，醉了心房

小镇沐浴在夜雨里
呼出的气息
散发江南泥土的芬芳
晨曦的摇橹触摸古镇玉体而荡气回肠

（一）古桥

周庄的古桥
连通水乡律动的脉络
彩虹兰桡倒映水乡的灵魂

美丽的瞳仁绽放璀璨的空天

水在歌唱，丝竹绕梁

不在梦里，不须孕育

在你心间悄悄诞生了天堂……

（二）江南曲韵

蜿蜒的青石路

伸延，不断伸延……

隐约绕梁的昆曲

拨动思绪，不绝绵绵

连接澎湃的历史长河

回溯，不停回溯

回溯了上千年，拥抱了宋唐……

——2018 年 7 月 9 日

晨雨

晨曦溶液在窗棂玻璃上流淌
时间的眼睑用力睁开模糊的夜色
宇宙的血液淹没了远方
却来否定自身的光线

夏雨的猛烈
是鞭笞青梅的赤裸贪婪
还是对节律狂热的一种矫枉
昏暗在自身博弈中落降

白昼在沉默中升起
缓慢而又顽强
峰峦在眨闪中朦胧潮动
时空激荡躯体的无限与转换的阵痛

青晖笼罩炎热的废墟
雨汗晶莹的梦想在碰撞
关押的光束下热气在挣扎
夏花的芬芳已随风雨散发……

——2018 年 7 月 5 日

眷恋生命的绽放

——致三十而立的孩子们

一声啼哭

石榴花开

扯下悬挂的万年红

系在幸福的结晶上

生活的曲谱

生长出鲜活的肉身和翅膀

一张受宠的白纸

将想要到达而又需要丈量的地理装下

向着绿色蔓发的枝桠仰望

抚摸日月风雨和时间的肌肤

聆听前行时的天籁

采撷新曦与皓月的晖光

梦想，力量

时间血管里碰撞

灵魂悬挂生命的空天

时代栉沐时间的河流

真理的火焰
需要空气涌动的翅膀
时间在汇聚
生命在旋眩……

金灿灿的秋
青春的蓝天下降落
空悬的星星串起的银钩
垂钓寂寥的海洋

而立的光阴里
回眸浪花雪花繁花的绽放
对生命的特殊眷恋
在一种强大神秘的力量上流淌……

——2018 年 7 月 3 日

夏雨荷香

裹挟暴力涌动的厚云
甩出霹雳闪电的雨鞭
晶莹水珠滚动泛绿苍穹
蕴积芙蓉的体香

风飞旋中贪婪吸吮
雨梳理荷痴的刘海，沐浴沁荷的香肩
莲叶舒卷夏韵的翠碧
金蕊编辑连蓬秋梦的诗篇

心帆在雷鸣中扬起
脊背流淌激流的醉狂
纤手不停揿下心灵的闪电
驱散迷雾抵达欢乐的港湾……

——2018 年 7 月 2 日

湿地琴弦上的晨曦

——昆山花桥天福国家湿地公园晨练感赋

枝头跳跃的雀鸟

拨弄地球肾脏的琴弦

梅后闷热的因子躁动

未晞清露草尖上滑落

晨曦聆听天籁中拂起朦胧的薄纱

石榴果香的磁吸力

引来白鹡鸰的吟咏

成群的白头鹎掠过荷香的水面

斐豹蛱蝶戏逐于阿拉伯婆婆纳间

棕背伯劳隐动青桔桂花茂林

樟青凤蝶已迷失菖蒲紫橙翠绿

宽边黄粉蝶却被六道木的满天星深深痴迷

绶草龙葵默默调节湿地的琴柱

凤头䴙䴘划拨和弦的绝妙

沙鹭鸣舞沙洲与栈桥的蜿蜒

宝盖草铺就通往湿地的阡陌

苍苍蒹葭摇曳湿地诱人的风骚……

刘海甩脱的汗滴浸润湿地的细胞
感知"肾脏"健康气息散发
曦晖吸吮琴弦舒散天籁的清馨
挥别的音符已从指尖悄悄溢漫……

——2018 年 6 月 27 日

用真理精神与豪情点燃真理之光

——"七一"前夕重温《共产党宣言》感赋

摩泽尔河的波涛
沿着 200 年前的陈迹奔流
拍打特里尔小镇的脉搏
当年为真理而诞生时的啼鸣
期待聆听真理蒂落的天籁

为民情怀的品质涟漪
荡起知行天下的驿动
实践之舟从光阴之弓射出
信仰的纫针与时光的弧线
编织洁白真理精神的征帆

吞天风浪打湿征帆追逐的翅膀
丛礁与暗流的巨大魔力
阻搁迷失前行的意志与方向
但，一个让西方有产者畏惧的伟大幽灵
毅然诞生西方的天空中而辉光闪闪！

真理之焰锻铸特殊的幽灵

倔强成长人类伟大宣言的号角里
自此，信仰携真理
朝着光明一起凌霄飞扬
从苦难的此岸驶向梦想着的彼岸

背负信念的行囊远离故乡
驱逐和贫病交加中浪迹天涯
国籍亦随之滑落宇宙的黑暗
惟将烁闪的信仰之星
镶嵌鼓帆坚韧的翎羽之上

伟大与悲壮的爱情食材营养
蕴育文思灵感之泉的磅礴伟力
精神的沙漠和戈壁上奔涌迸发
人类典范的友情暖流
激荡攀登与前行的不竭动力

孤寂的雪霰繁霜
摧戕瑰丽而鲜活的芳华
肝疾折磨，失子之痛……
钢铁意志铸造的肉躯
遭受无人能承受的无情摧残

历史唯物主义之焰将哲学火炬点亮
飘拂的智慧之髯
散发人类社会发展规律蓓蕾芬芳
真理的参天嘉木

蒂落剩余价值的滋硕而冉冉飘香

真理的珠滴人类灵魂深处滴答
沁润真理美髯的成长
滴答，滴答……
真理灵魂的牵动
真理诗性的灵闪……

哦，真理之滴
每一滴渗透在广袤的大地上
宇宙基因发生巨大变革
每一滴滋润人类真理干涸的心灵
人类社会发展的轨迹发生深刻地变化……

每每伫立皓髯披拂的镜框前
心灵总是感受真理伟力地澎湃
惟有不断淬炼伟大真理精神与豪情
才会于孜孜不倦地追逐中
幸福拥抱伟大真理强有力的臂膀……

——2018 年 6 月 26 日

月光

宁静的夏夜
风的末梢触碰心弦
似乎奏响月光奏鸣曲
浩瀚的银河流淌着皓月的浪漫
黄梅幽香笼罩银钩弯弯的幻想

悠扬的琴声
收敛了夏的张狂
宁静冰凉了夏的汁液
黄梅酸透宇宙味蕾的贪婪
厚厚的云层吹鼓雨滴的能量

夏风敲击大海蓝色的键盘
朦胧的月色涌起贝多芬的灵感
盲女的张望是心灵洁晖的挥洒
鞋匠哥哥的陪伴澎湃起亲情磅礴的力量
轻风与浪花认真刻录下爱的恬静和浪漫

海，月光下的河
风，琴弦上的河

梦，心弦上的河
爱，心灵里的河……
汇集空灵月光下宁静地流淌

爱簇拥的琴声在月光下汨汨流淌
相携聆听，用心品赏
幸福的美妙弦音
穿透晶莹的纯真和爱的天堂……

风触摸海的胸膛
海默默蕴积风的能量
月光拍摄下神奇美妙的视频
是风揿下了海的心魄
还是海的寂寥撩拨风云的情怀和清新

纯洁和朴真
浸润月光的眼神
海浪拍岸时的雪色
带走情感琴弦混浊的泥沙
恬淡与浪漫于回眸中怒放纯洁的月光……

——2018 年 6 月 25 日

平衡

太阳和月亮展开光束的翅膀

平衡起地球的旋转

繁星编辑时空曼妙线条的图案

平衡了整个宇宙

血脉以生物化的反应与流动

平衡了绵延不绝繁衍生命基因的纽带

基因的螺旋勃动

又将生物阴阳调整至无比平衡的绝妙生态

平衡无限吞噬静止的野心

运动却在平衡中追寻纷呈精彩

平衡敞开绝天横空的胸襟

容纳宇宙的无序与傲然

平衡的微细胞

将人生的诗痕一一串起

出生时的嗷嗷啼鸣

青涩成长中的稚气

种下生活无忧无虑滚动的晶莹

勤劳的汗滴珠泪
积蓄难以定义的幸福动能

风动石考验山崖心脏的承受力
通往幸福的栈桥
将平衡的险绝镌刻在举步维艰的足痕上
平衡的管线构建人生动能的坐标
当初追求的无限必将是最终的反无限

幸福在无限中积累
更是在无限中消费
年轻的时光闪烁含金珠滴的晖韵
年迈时的雪色美髯
飘拂收获闲适后恬静的果香

平衡无法平衡无为的幸福翘板
幸福终将无法平衡无为生活的天平
椽笔蘸满时光和珠滴研成的墨香
终将生活和幸福平衡擘窠遒书深度的内涵……

——2018 年 6 月 23 日定稿

平行线

稚嫩的小手
划出并不平行的几何平行线
在天蓝色的作业簿上
静静的仰卧着
觉得很美，美到心窝里……

不知何时？几何平行线
悄悄穿透天蓝色的小天地
穿越校园森耸的围墙
隐入于川流不息的人流
遁形于喧嚣杂乱的尘世……

情感平行线
闪耀着特殊高级电流般瑰丽色彩
揿下情感宇宙神奇的按钮
血脉的电波绘制出绝妙的情愫光谱，从此
时空长河在情感染色体螺旋激荡中澎湃

生活平行线
风霜雨雪中编织

五味杂陈里浸染
晶莹珠泪蒂落生活的果实
时间玫瑰绽放岁月的芬芳

是时间冷漠了空间
还是空间承载不了时间之重
平行线的重合与交织
情感能量的积蓄和释放
电闪雷鸣之后雨霁虹销……

翻开天蓝色作业簿
仿佛又看见一双稚嫩的小手
划着并不平行的几何平行线
依然觉得很美：美到了心窝里
美酥了飘拂的皓髯……

——2018 年 6 月 20 日深夜

父亲心语

——致记不起回家的孩子们

牵着你的手
在掌心汗流浸润中渐渐长大

放手让你走
倩影在泪水模糊中走远放大

想让你不走
只是宏愿后思念的自言自语

高飞远走吧
雪飞青丝孤寂的真心实语

走吧，甩开膀子走
心中豪迈的感言：按照宏愿的轨迹走……

——2018 年 6 月 17 日父亲节深夜

致我们的考生

午后清脆的铃声
击碎心理压力的器皿
一股清泉从心灵深处喷涌而出
漫过十二年寒窗苦读的足痕
物理的化学的生理的——反应
瞬间遁形于忘乎所以的脑后

一场适时的喜雨
将考场的闷热化为神清气爽的清凉
十二载血汗和光阴
春夏秋冬的砚池里磨砺
灵魂的翰墨注满灵性的巨椽
终于挥就第一份人生答卷

等待，一种无法形容特别滋味的等待
期盼收获开启人生宝箱的金钥匙
其实那份答卷定义不了人生的意义
繁星点点，阡陌纵横
只要人生轨迹与心径共振
必将产生幸福的动能

夏雨湿润了夏花的笑容

却定格了狂抛纸笔衣帽瞬间释放的狂欢

夏雨混和了喜极的泪珠

却浓缩了火红青春勃发的芬芳

我们的考生，一起来嗨吧！

浩瀚蔚蓝的海期待无数洁白升起的风帆……

——2018 年 6 月 9 日深夜

"熔炉"史诗在钢花流动中瑰丽绽放

——党校学习研修结业感赋

当一炉炉绚烂的钢花
从熔炉流出绽放时
是否曾回眸翘望那矗立的身躯

流淌奔放的钢花
沿着曼妙的轨迹线条逐梦圆梦之时
是否曾停伫眺望那闪烁曦晖的背影

从硝烟中走来
85 年的征程航迹
连接着长征和新的长征
用追求真理的精神之焰
点燃弘扬真理的灵魂之光

枪林弹雨串联起
孕育光明的信仰之珠
洪水猛兽的泛滥
承载起不覆的信念之舟
红色的熔炉淬炼出不灭的意志能量

脉动铁锤和镰刀的铿锵韵律
不忘初心的豪情和践行
镌勒在长征路的里程碑上
优良之种和可塑之材
在熊熊的炉膛里脱胎涅槃

一炉炉钢花
奔溅熔炉史诗的璀璨
真理的精髓在凝炼中升华
经历洗礼后的思想
歌奏人类规律的鼓乐在解放中迸发……

——2018 年 6 月 9 日

星光

——致一位美丽的自主择业女军人

人的出生
原生态的音符震撼父母的心灵
从此，一种美妙的天籁
萦绕悬挂在爱的心灵上的摇篮
啼哭与哼吟
开启如歌如画的美丽人生

音乐是思维着的声音
音乐是比一切智能、一切哲学更高的启示
领悟音乐的人
能从一切世俗的烦恼中超脱出来
音乐有一种魅力
可以感化人心向善
让灵魂在欢乐的阳光里升华
贤哲之音，和若球瑝
发令枪响起——
携手从起跑线出发吧
我们可爱的孩子们……

——2018 年 5 月 31 日

鹏城， 晨好！
——赴深圳学习研修感赋

舒适的衾枕

未能催眠一颗好奇的心

就像厚重的垂帘

未能吸纳那缕清新的晨曦

树蝉鸣奏鹏翻的韵律

开启年轻城市一天崭新的伊始

新奇的心谐和鹏城的驿动

凌霄的轻盈融入靓丽的昼色

流动的海蓝色谐振深南流动的线条

美妙建筑的扭姿在漫游视觉里精彩纷呈

鹏风翻卷潮头的壮丽，40 年的一瞬

将世界奇迹镌勒，心头喷涌彼岸的暖意

埋头的孺子牛

开拓一片芬芳的沃土

犁头用血汗研磨成的翰墨

小渔村的泥地上擘窠"闯"字的蕴涵

排闼之郎
穿上智慧的云裳
将"闯"字融化成睿智的清泉
汇入深圳河澎湃的灵魂

好奇的镜头
连拍路边街旁的平凡
极力与十余年前脑海里的图片比照
年轻和活力的澎湃将记忆吞没

芒果树上的露珠
疏凉了好奇奔跑的热汗
甩一甩润湿了的刘海
甘露和汗滴坠入这片火热的土地……

年轻的鹏城，晨好！
深深呼吸活力清新的空气，带回故乡
让守旧负重的肺
在吐故纳新中开怀释负前行……

——2018 年 5 月 25 日深夜

别了，深圳

南方的一场雨
打湿归程的翅膀
年轻的海洋
激荡此岸追逐彼岸的精气
心灵之剑似乎出鞘
却又在回眸中茫然

别了，我的深圳
两次的深情拥抱聆听您的心跳
好奇后的感叹是否调整了加速的方向？
欲驾南海的鹏云
再次俯瞰编程奇迹的大厦
将灵魂的泪洒下……

别了——
为了下一次的拥抱
将诗魂的基因留下
让浪漫诗情
沁入芬芳的沃土里
与您一起成长

别了——
沁润晨露的晨曦
是您——
让我的眷恋留下
我却将您的晶莹
装入心灵精致的红匣……

——2018 年 5 月 27 日

远足

——丈量心灵的天空

将突发奇想
塞进空瘪的行囊
一场无意追寻的远足
从好奇的嫩芽尖头出发

惬意的风
吹拂足趼的醉意
挽住曦和之手
在丘壑原野魂灵里尽情蜿蜒

淙淙山泉
拨弄寂寥空谷的琴弦
虫兽的爬行奔突
刻录鸿蒙初开的史诗

俯瞰的苍鹰
鸣碎洪荒的凝冻
光束的执着力
击穿原始森林的神秘

旷野的尽头黑夜延伸
片片雪花里寒冷飘悠
孤寂缠绵远足贲张的血脉
绝美弧形天际线闪烁曙晖勃发的萌动

自然和人性
在连接天边的足迹里揉炼
涵泳天地春秋的气韵
盈溢日月精华酿制的醇浆

笑靥如花的足痕里
煎煮节律的诗性
烹炒诗情的韵脚
咸甜的标点在汗珠泪滴里定制

携手远足的伴侣
春的芳菲里
硕果蒂落季
怦跃篝火袅然升起的苍穹之下……

——2018 年 4 月 28 日

春之约

——致母校退役的战友们

时光的导火索
点燃一种别离的疼痛
疼痛的灰烬已随冬雪消融
积淀于骨髓里的浓挚情感地激荡
发出春天之约

节律的血管里
搏起这种特殊情感的脉动
催开春天绚烂的花朵
催开战友欢聚时刻最灿烂的笑容
催开一个个最美最具鲜活的芳华

情感之锥穿透泛黄的记忆岩石
思绪的金缕随着驿动的心飘逸
沿着岁月的回廊萦绕
一片片梦的花瓣
幽幽绽放中散发沁脾的馨芳

曾经的青涩和稚嫩
剥落在绿色军营的熔炉里
风霜雨雪挟裹着的汗水和泪水

丈量前行的足迹，青春绽放的力量
雕琢出一座座事业之厦，一个个温馨之家

军号卷起太阳翅翼之风
军号飘逸月亮心翔之絮
太阳光辉照映讲台授道的形象
队列线条磨砺雁阵凌霄的果敢
军旗下紧握拳头里滚烫的誓言已镌刻金子般的心坎

洁白的征帆刻录下蛟龙的搏跃
樯桅测量闯海者不屈的意志力
翩翔的海鸥吟咏踏浪者坚韧的诗行
海魂铸就征服者驾天凌空的胆略
豪迈和执着的赤诚钤印在悠悠苍穹之上

绿色军营的名字
在岁月风雨地冲刷中不断更新
但"战友"的称呼从不变更
用特殊材料塑成的特殊情感
仿佛封存的醇浆历久弥香

时间的天使
熨平一道道幽忆的皱褶
别离军营的日子
凝结成一枚枚眷恋的嘉果
泛着红豆般色泽的光晕
从春天的湖心里向远方悠漾……

——2018 年 4 月 12 日

对决黎明

金星的齿轮
辗轧漫长的黑夜
太阳石搏动宇宙的心脏
昼夜的周期
在战争与和平间起伏动荡

东方的太极鱼
转起太阳的飞轮
黑白在阴阳两极间交融
阴与阳的周期
在风霜雨雪的任性中波动

世界于无为里有为
又于有为中无为
为之有无
在硝烟和贫困中失控
第一次世界大战把人类扔进黑暗的恐惧

暗黑的宇宙
于魔鬼的毒掌中玩弄

吸干星辰的血汗

北极星的指针颤抖不已

启明星亦在兵燹中暂时昏厥

第二次世界大战的狼烟

泯灭人性的光辉

贫困与饥饿，寒冷与黑暗

血腥与暴力，威胁与抢劫……

凝冻成恐怖悲惨世界的绝望

民主的黑袍

蒙盖天下发光的物体

黑暗在煎熬的哀嚎中期盼黎明

东方的狮吼

吞噬暗黑寒冷贫困的幽灵……

"粪坑""妓女"的喷粪

逼迫正义的世界洗耳

"帝国列强""修正主义""经济侵略"的谎言

大煞东方这边独好的风景

挥舞贸易的"棒杖"

恫吓和威胁世界自由贸易

"航行自由"的任性

在道义的汪洋里横冲直撞

蓝鲸无奈的惊叹随着抛物线狠狠摔下

东方剑出鞘

寒光刺向野蛮霸主幽灵之眼

闪耀冀望的光束呈扇形映射

同黎明握手相拥

光明正义冲出野蛮幽冷的黑夜……

——2018 年 4 月 10 日

清明， 灵魂照片定格风雨镜框里

清明的镜框
悬挂在春天的家壁上
时空的薄膜
将每一张照片封塑

家壁柔软的那一块
留给清明的风雨
凭风去钤记，任雨来镌勒
亲情绝美的基因构建的特区

北方将泪凝冻
雪花携情缕漂泊
江南雨将泪深刻的内涵洒向地心
南方温暖的胸怀容纳雨雪的倾诉

清明镜框之重
让宇宙之框在无边的边缘摇晃
节律调控大师
在清明风雨里亦无所适从

宇宙焦虑
人类的情感触角
已穿透神圣的边缘
泪的精灵已将酒和雨交融

情感因子在时光血管里涌动
经纬细细格化血脉
血缘之椽却将情愁的等高线
描得如此鲜红……

血脉澎湃沁漉家族民族清明的镜框
壶口将人间最美情愫高悬在天上
花鸟灯塔已将东方逐梦的诗痕
融和奔腾宇宙的心坎……

——2018 年 4 月 5 日清明

帆， 从天涯海角再次升起

——致孩子们的诗获奖感言

将获奖的奖牌
制作成一面纯洁的帆
在不同寻常意义的地理坐标上
天涯海角——升起

激情的海浪
赋予灵感的澎湃
高大的椰树林屹立海岸
迎来第一缕绚烂的晨光

王勃苏轼的诗思
荡漾黄花梨柔软的金丝里
丝绸舒展，瓷器闪光
新时代的蛩音浩荡春风叩响

万泉河泛溢红色基因的波浪
簇簇红树林摇曳着生态的歌谣
美丽的珊瑚，漫游的鱼群
簇拥着"蛟龙"号海沟里探寻

高高矗立的灯塔

守护着一颗不变的诗心

海风雕琢帆的张力

浪花朵朵绽放闯海者幸福的灵感……

——2018 年 4 月 7 日于三亚

衔春之韵

吹开樱花的风

带来寒冷

冬天还没有走远

夏之魂已在前方徘徊等望

紫燕飞别寒冷的北方

展翔春天温暖的翅膀

眷恋老屋故宅的情愫

坌实衔哺新生的信念和新房

春雨凝固热的沸腾

散发出芬芳的赞叹

滑过时间的肌肤，沐浴春的玉骨

梳理一种闲散的浪漫

云彩卷起醉意的骄傲

任紫燕纤纤剪裁

书家的墨晕，诗人的诗行，

水彩泼洒，巨构苍穹……

潇洒风雨吹开春的襟怀

自由降落美的力量

凉凉的，玉洁冰清的朦胧

飕飕的，骨软筋酥的微醺

吹斜衔忙的轻盈

剪风之尾裁破冬季的气囊

衔哺之喙叩响夏季的门环

衔梦的窠巢里又感受到搏起新生的脉动……

——2018 年 4 月 3 日

倒春寒

一场风雨

裹挟着冬的怨怒

报复春的袅袅娉婷

一夜间，束素亭亭的玉兰

乍寒晨曦中枯悴

雪的翎羽

水面荡起扁舟远航的律韵

嫩绿的新叶在花瓣下绽放

擎起蓝天的梦想

阴湿的冷空气

漫卷肮脏龌龊的污染

自西边气势汹汹涌来

欲将款款步履的春神

推下前方的玄谷

谷浪翻卷奔腾的绚烂

瀑布般的气根藤蔓

紫瑞氤氲里生长出霓虹的翅膀

春的血管里

澎湃起梦的浪花

鲲鹏振翅俯瞰

蛱蝶穿花的岛屿

时间雕塑跨海隧道

海浪酝酿闪电醇醪

盛满云彩的霞杯

亲情的温度融化远隔的寒冷因子

馨芳凝固相拥的永恒……

——2018 年 3 月 22 日

巴巴·万加的预言

——近期美国媒体炒作：2018 年中国将超越美国成为世界第一强国

一场伟大的龙卷风

掩埋了一个娇弱的躯体和光明

却将一种神力赋予一位盲妹和文盲

塑造了属于保加利亚

也属于世界的预言大师

世界一处无人触知的角落

存在某种"无形的存在"

能与盲妹的心灵碰撞

迸发出奇特的火星

并在一个幽冥的星空冉冉升起

盲妹的奇异世界里

神秘的思想幽灵

常与死者的灵魂沟通

拯救生命和不容报复的执着

淬炼绝望的生命和善良的人性

她的幽冥世界里

奇妙的预言脉冲灵光闪闪：

老美兄弟将在铁鸟袭击中倒下

前苏联的帝国大厦会在一夜间轰然垮塌

库尔斯克核潜艇亦将永久沉睡海底下……

鲍里斯三世、黛安娜王妃、斯大林、希特勒

皆是她幽冥星空中陨落的星体

与爱德格·凯西有着惊人相似

更值得引人深思的预言

西方解读凯西曰：

中国将会成为全人类共同信仰的摇篮

巴巴·万加却更直接：

2018 中国成为新的世界超级大国

发展中国家由被统治地位变为统治者

预言穿越时间隧道

预言家的灵魂

是否已升向另一未知的幽冥星空

东方巨帆的褶皱里未收藏预言的故事

西方将处事字典翻到了这一页

画上沉重的黑色线条

不厌其烦而又危言耸听的播撒

焦虑和惶恐之手拉开黑夜里梦魇的帷幔……

——2018 年 3 月 21 日

明日春分

雨水的翅膀

划过春的晨曦

片片寒冷的枯叶

随着宇宙弯曲的风

坠入黄昏的谷底

暄暖踏奏地心的节律

点燃黑暗的缆索

光亮在地球的经纬上延伸

怀中的河水

拍打起崭新的柳岸

迎春花蓓蕾冀望

无数拐口处守候

金蕊朵朵

编织成闪耀的星宿

发射出回归的脉冲信号

对岸的紫玉兰

擎杯绽开可掬的笑容

款款履来
淡雅馨芳里
飘逝峭丽的年华

浓阴对峙春的淡定
娇柔躯体里涌动果敢和坚韧
寒冷和黑暗的影子
春天的眼波里窒息
远处的山峦放出悦目的微光……

——2018 年 3 月 20 日

祖国， 一个水兵的敬礼

我爱祖国，但用水兵的特殊情愫！
每当踏着矫健的步伐准备登舰时
心中油然升起崇敬至爱之情
站在浩瀚天空下向国旗——祖国母亲，敬礼！

每当朝阳从地平线喷薄时，鲜红的国旗
在庄严的国歌声中
在水兵赤诚的注目与举手礼中
在飒飒海风中——沿着耸立的桅杆冉冉升起

每当远航的汽笛响彻港湾天穹时
舰桥站坡宛若巍峨的长城
水兵湛蓝飘带在招展的国旗下拱卫劲舞
军魂融入在母亲的血管里奔腾万里

蔚蓝色的海
浸染水兵的服饰
水兵将远航的航迹线
描绘得深蓝碧绿……

夜色里的海
流淌诗一般的浪漫
大海摇篮里水兵徜徉
聆听母亲一曲曲美妙哼吟的天籁

晨曦下的海
绽放母亲般慈祥灿烂的笑容
星星和航行灯闪烁水兵惜别的信号和心语
海鸥鸣舞，浪花蓓蕾凯歌前行的要义

宁静中的海
尽显母亲的坚毅和温文尔雅
白云映衬母亲飘逸柔蓝的裙裾
静得海天沉醉，蓝得空旷幽邃

豪迈时的海
澎湃起母爱波澜壮阔的磅礴伟力
水兵们紧紧攥住母亲的臂膀
吞天浴月之势战胜滔天骇浪

雷达开启至诚至真的脉冲情感
扫除征程中团团迷雾
灯塔点燃风雨潇潇的黑暗
峰回路转，海天间八百浬风光无限

我爱一座座美丽象形的岛屿
张大千遒劲恢宏的笔触

一幅幅摄人心魂的金碧山水
撩起人们无穷无尽的遐思

我爱一群群出海捕鱼的船队
猎猎云梢下鱼贯而行，变化着的列阵
或在酡红夕晖里水印木刻
又或在水天线处美妙闪映

我爱小岛上的袅袅炊烟
海味与炊烟搅混水兵的味蕾
思念的泪水淋湿海图上梦乡的等高线
灵魂迷失在酷似家乡的岛屿亦无怨无悔

惊涛骇浪雕琢水兵胆略
困难险阻淬炼水兵情谊
深邃宽阔陶冶水兵海魂
热血赤诚锻铸水兵军魂……

我的血管常常涌起对海的莫名冲动
水兵的汗，水兵的泪
水兵的爱，水兵的情
水兵的梦，水兵红色的基因……

——2018 年 3 月 12 日

风暴在积聚

厚重的云层压低断续的天际线
一种莫名的焦躁在涌动
不知从远古还是从黑夜开始的
猎猎旌旗下的巨轮
朝着设定的航线航行
等待一个黎明的到达
另一个出发点又向前延伸

躁动的焦虑挟裹喷粪的污浊
污染暗黑中的黑暗
黎明在寒冷和幽暗中升起洁白的帆
绣着太阳和星辰
不代表憎恨和丑恶
代表着希望地升起和意志地燃烧
只为等待太阳和星辰在大海上起落

翻滚的乌云，咆哮的恶浪
一道美丽的弧线
阴森恐怖起伏的海面闪烁
海鸥扑打着风暴的幽灵

雷电用金光擦亮黎明的眼睛

锚挂在航轮胸前流淌着喜泣的泪水

风暴后的陌生泡沫发出狼藉战场刺鼻的恶臭

眺望远方舒卷的绮霞，哦

她比波涛、风暴和天空皆美

但似乎又看见风暴的影子

蕴蓄阻碍航船恐惧的涡漩

我们仍然在航行中

等待一个个黎明的到达

太阳和星辰又一次次在大海上升起……

——2018 年 1 月 23 日

回春

似乎听见有人说：
春天来了！
这声音感觉仍很遥远
但却有很强的穿透力

冬季最后一场雪很厚很厚
屋后房前冰凌亦很长很长
春天被压在雪下
凝冻在怒放的剔透的冰凌花丛

春天的血液
宇宙的血管里像春雪
悄悄消融而律动起来
积聚起驱走严寒的力量

不知不觉中
将太阳行走的路径一分一厘拉长
又将寒冷和黑暗的气焰
一毫一丝地撕毁

冰凌自由下落
尖锥刺痛大地的心脏
地心脉动，春意蔓发
等待寒冬烦恼地腾起

黄昏忧郁苍白
渐变得少女般红润
丛林中醒来的雀儿
对着山巅的太阳啁啾

春天来了，聆听天籁
总觉在朦胧梦乡中
但穿透力和律动散发出的气息
已在不远处鼓荡……

——2018 年 2 月 5 日

冬季月色

身上的衣服
一天一天地加厚
春天和秋夏
全裹进了怀里

那月白得亦蛮惨淡
同样裹着很多的内涵
让沐浴月光者用心去体会
其中的寒冷和幽暗

梦萦绕在皎月下
梅香薰透冰骨
春风擎举桃花的火焰
却未能融化原野的积雪

冰封下的银河
澎湃凝固的月色
隔着凝结的空气
还能否感知节律的脉动？

晨曦珠在一夜间凝冻
夏的火热，春的浪漫
还有秋的金色丰韵
凝聚了节律的要义蕴涵

隔着季节的窗棂
仅见季节像唇红翕动
苦涩隐晦虬曲的根系里
一种甜蜜在光芒映射的冰层下翻涌……

——2017 年 12 月 11 日

珍珠恋语

——三十年珍珠婚感赋

记忆之手推开岁月丛林之窗
年轮弧线静悄螺旋攀援
三十年光阴在婚恋之树上
雕凿精美瑰丽的诗痕

今天，三十年前的起点
共挽洁白葱兰绽放的季节之臂
徐徐升起婚姻探索者银色的帆
乘风向着理想中家的彼岸启航⋯⋯

北上的车轮唱和着恋人心底里的律韵
飞驰的轨迹线射向心怡的原野
金风摇曳木芙蓉醉美人的姿致
昂首浩空吟咏富贵吉祥的祝福

露珠摇滚丹桂的晶莹的蜜汁
收获在吉祥红中蓓蕾喜悦
众芳渗透心中家的窗棂
惠风牵携月晖漾开爱的溶溶波心

两片心形的枫叶
一枚金黄、一片丹红
风轻云淡的碧霄里
飘逸散溢恋人世界的静谧和芳馨

北方的海涌动蔚蓝浪漫的永恒
泡沫触天处与苍穹舒散的绮霞相融
将永恒放进一个铭心的季节
消融一个个缠绵的月夜

幸福的玫瑰
从不会轻易绽放爱的心灵天空
谁想拥有就得用心去种植，荆棘的刺扎
只是组合爱的星宿时的调皮眨眼

时间营养不了爱情
却能磨砺生活和婚姻
用心培育爱的精神触梢和生活韧性
生活之露滋育婚恋嘉树

生活婚姻的乐曲架构，谁说不是
辛勤劳作与枯燥或简单的重复
爱情会时常滑离出生活的主旋律
激情演奏流星般心仪的冲动与热恋时的愚蠢

爱情大潮头总会消退
生活婚姻的潮水却能脉动一生
一味期待美好却不见行动

香甜诱人的滋硕不会在浪漫春风中蒂落

勇气和力量
生长婚姻和生活乐趣的翅膀
羽翎覆盖下的温暖与静好
凌霄翱翔后的一种美美享受

生活地平线
随着心灵的宽广变得更加壮阔
胆怯不敢豪迈向前，又如何知晓？
背负婚姻的行囊到底能走多远？

生活和婚姻俨然空气
悄无声息的随同光阴一起流动
总是眷恋无限的时空
如果真爱才会拥有大美无限……

每当忧郁和闲愁随冬季来袭
凝炼了的笑容融化了悬挂的冰凌
雪花梅香洗涤心头浮躁的埃尘
思想的浑液倏忽变得春天般澄澈清新

海棠绽开温和美丽的涵义
无香的平淡才是生活和婚姻追寻的极简
厚重的誓言生长在海棠的血红里
沉甸甸的季节盛满日子的清淡和纯真……

——2017 年 12 月 2 日

色彩妙趣

一天，风吹干了汗水
一片落叶将汗水的梦覆盖
梦绽放的色彩将季节搅翻
银杏黄、枫叶红
点燃节律成熟的灵魂

这种黄和红的魔力
让所有母性的基因舒展和向往
红得心跳，黄得轻快
仰望澄碧的天心
融化无穷宇宙的梦幻

黑暗不代表黑色
黑色宽厚的胸怀把所有容纳
红黄消失在色彩的世界里
浑沌熔化世界的色彩
噢，那才是真正的色彩神奇

黑赋予黑暗的颜色
黑暗淹没了世界的眼睛

红黄点燃太阳
喷薄四射的光束中诞生白色的生命
白色蕴积对光明的感恩真情

白与黑的色彩
从此知恩图报
联袂将季节逻辑编辑
将风霜雨雪
编纂出世间珍图瑞牒

疏雨刚过
银霜欲将红黄染白
一种红黄白的曼妙
浩渺的蓝天亦会莫名陶醉
哦，妙不可言的传奇色彩……

空天轻叹微吟
白色溶进雪的灵魂
待到纷纷飘扬时分
四顾寻觅不忘的伴侣
梅花倩影，浮动的暗香

好雪片片
因是梅香的熏蒸
幽幽梅香
更因雪花的纯真
从此，生死相恋时空永恒……

白色染透黑色的季节

羯鼓敲奏智慧的情歌神韵

秋的深沉激荡寒流的急漩

谁知道？一种世间渴盼的温暖与浪漫

节律信风的旋涡里已然隐现……

——2017 年 12 月 3 日

冬来滋乡愁

昨日的秋阳
将秋晒得过欢
打个盹儿
冬雨让秋风受凉

冬月更加素白
瘦俏的脸庞将喜怒哀乐无遗表露
寒冷铺满羁客的归途
露浥丛兰，霜染美髯……

雨丝串连片片金叶
编纂一本本厚厚的籍典
雪霰烙下羁行的韵脚
梅香珍馐诗意饕餮凝聚心野

月光下金蕊幽欢临风
金樽玉液沸溢出一乡愁
称觞碰月，海棠红透
雪花领舞，梅姿风流……

月弯如舟载满古老歌赋诗词
翻阅满眼尽是永恒的美丽乡愁
酸甜苦辣磨砺四季韵律流动的坚韧
飘走鸿雁的凄鸣与哀忧

月圆若海，泛涌眷恋的歌谣
乡愁的帆鼓抵达彼岸的勇气
深沉与眷念编织扯帆的索绳
同坚毅果敢捆绑——希望升起……

冬雨绵绵牵扯故乡的脐带
朔风利剪，一剪乡愁半剪脐血
剪断了长空，吹落了皓月
巧裁丽锦云裳篆锈乡愁的表白

太阳升起晒干乡愁潮湿的基因
信风如矢，阴晴圆缺
乡愁坚韧的翅膀
刻录归途如虹的诗痕……

——2017 年 11 月 22 日

太阳下的思绪

——天命之年过后（55岁生辰）感赋

太阳喷薄，年轮又向时空擘窠

一圈螺旋线条的绝妙

饱蕴太阳的光明和精华

汲取大地的甘乳与脐血

原始圈心烁闪生命之光

分秒缝纫时空经纬

爱的光缕编织生命的霓虹

宇宙血管脉动生命的旋律

生命地图里太阳和大地交融

浩瀚河流澎湃生命的磅礴与永恒……

百灵在花枝间点缀空谷的寂静

一声降临啼哭，金秋沉凝

太阳崇高的灵魂在紫瑞萦绕中升华

大地博大心房里撞击漩洄生命的波涛

伫立屏息，聆听生命神奇美妙之声……

小溪射出源头之弓

萌动生命梦幻如斯的新生
溪花新吻光明温暖的脸颊
悬挂瀑布折射生命的圈晕
空天心扉激荡爱的奔诵

五十五枚绝美年轮
圈起生命和爱的璀璨星空
五十五束阳光彩练
串起惬意浪漫诗情的朵朵蓓蕾
哦，隽永如斯怒放生命幸福的苍穹……

——2017 年 11 月 7 日（农历九月十九日）

聆听铁锤镰刀撞击的韵响

浩瀚的天空
飘扬着恢宏壮丽的交响乐章
铁锤镰刀地撞击
每一枚音符，每一节音律
翻腾起浩瀚历史长河绚丽的浪花

澎湃梦的热血涌向云端
纂绣铁锤镰刀的旗帜迎风招展
血的色彩、血的沸腾
血的脉动、血的浸染……
搏起生命的巨澜
聚积起劈开万难险阻的磅礴力量

抡起铁锤敲响新时代的大吕宏钟
大风鼓起崭新的征帆
新的一轮红日从地平线处喷薄
铁锤镰刀劲舞闪耀真理光辉
旌旗猎猎，号角阵阵！
气势如虹，乾坤共振……！
踏奏铿锵雄壮的旋律出征！

铁锤镰刀火花闪耀中锻铸

信仰的血泪汗水里淬炼

熠熠闪烁劳动创造的光芒

将精血和光明无私奉献大地

驱逐和熔化世间幽幽黑暗与凄凄悲惨

岁月的风箱燃旺太阳的炉火

啸吼浑厚震天的号响

甩起时尚的秀发，勇气携晶珠一起飞

构筑崭新的时代大厦

磨砺时代的镰刀铁锤

披荆斩棘收获五谷的芳香

太阳炉膛里凝炼信仰

信念总是追随一次次升起的太阳

千锤万击终将可贵的永恒铸就

历史长河的上游

无数訇然倒下的英烈

混凝赤诚和灵魂铺就朝向光明的天路

铁锤镰刀将血色的旗

巧裁缝制太阳崭新的衣裳

唱和宇宙的心律

迈开坚韧强劲的步伐

聆听新思想新时代的跫音

沐浴一场：深情的雨，清新的风……

——2017 年 11 月 3 日

出发吧！ 孩子们

迈开你的脚步
出征和奋进的伊始
用手掌拍击心中的战鼓
撒落激励的鼓点万点如雨

朝前眺望
太阳天边喷薄新的蕴意
潇洒回眸
亲情爱情冀望的笑容依然灿烂

从时间开始
敞开思想的绣阃
筛选自身的不完美
将自信和坚韧制作成随身携带的食材

改变不相信命运的命运
随时添加机运和心愿的营养
哦，出发吧！
跃进情感的河流，勇敢地追逐向往

玫瑰红的晨曦帷幔

在自信的手中徐徐开启

生命和爱的纯真色彩

熠熠生辉同日月相映……

——2017 年 10 月 22 日

迷失在淮海中路

秋心漾开惬意
飘起甜甜的雨丝
挟裹一对恋人的梦幻
穿越 30 年悠悠时空

正是金灿灿的秋季
一对披拂朝阳的金童玉女
快乐的笑声和幸福的浪漫
将淮海中路的繁华融化

素艳的婚纱舒卷天边的云彩
飘逸马蹄莲洁白的纱幔
相互搀挽硕大的同心结
幸福的琼浆盈盈溢漫

歌声笑声风雨声
谐振黄浦江波涛激荡
携激情飞扬奔腾长江
澎湃起大海磅礴的力量

记忆的粒子

剔透晶莹的雨滴

承载爱的引力

淮海中路上撒欢街舞扭迪

裂变聚合涡旋撞击

绚丽星花时飞溅

构筑人生征途中

淮海中路上的一座座过街天桥

记忆的星星

眨闪记忆的光束

串起无数快乐闪光的微粒

折射人生璀璨的梦境和爱的启迪

爱的秋雨

梦的灵魂淋湿

雨丝霏霏里的淮海中路

爱的海洋上紫雾朦胧的曼妙航迹⋯⋯

每枚欢跳的微粒

每颗闪光的星星

海峰雪涛地撞击

逐天海沫凯歌远行的绚烂蓓蕾⋯⋯

——2017 年 10 月 20 日

秋雨， 淋湿年轮的眼睛

——致走散在爱的迷途里的孩子们

今晨清寒的秋雨

恋人挥别的泪滴

告别年轮上美丽的眼睑

将秋天的美好和遗憾

统统打包封藏

塞进继续羁旅的行囊

无人采撷的桂花

已天然酿成清醇的琼浆

为收获与精彩

还有那说不清的缺憾

同太阳和月亮称觞

繁星会意的笑容漾溢满天桂香

牵手走过的风景

编辑成圈友们倾慕的相册

留下的足痕里漾开如花的酒靥

海棠与木芙蓉同醉

爱的种子在爱的浆汁里生根发芽

快乐和欢笑将幸福因子催化

来到一个路口
迷惑的精灵各自喧嚣
停下张望
决择在路口的信号灯里熠烁
光阴在此分道
在下一路口会合后又自行分流……

光阴像清澈的水
时空的长河里不息奔流
没有洄溯，只有似曾相识
物质的终将腐朽
融化在思想海洋的情感
澎湃着永恒的美好

恋人的情感
不断汲取爱的阳光
培育情感四季的味蕾
用爱的调羹去细心品尝
用心灵的触梢
触碰领略情感节律风云和诗韵馨芳

用爱特制情愫的秋天
将硕果采撷收藏
调和生命与智慧的绿色
以浪漫和恬淡之木雕镌情感永恒的璀璨

每临情感寒冷的冬季
将情感的红泥小火炉燃旺

今晨清冷的秋雨
墨香漫溢的岚光
峰峦中雕绘丛林
丛林里摹画年轮
螺旋晕发的年轮上
开启兰馨满屋的情感月窗……

——2017 年 10 月 16 日

矗立
——祖国 68 岁华诞感赋

68 年前，一座民族之魂的丰碑
矗立人民心灵的广场……

1840 年以来
无数英雄和先烈们
一百余年漫长岁月里
血肉之躯铸就民族之魂
澎湃民族的血脉
谱就恢宏瑰丽的英雄史诗

光阴如矢镌刻岁月记忆的烙痕
九曲十八弯般的历史长河
流逝的早已远去，积淀的亦终淬炼成金
物质的终将腐朽
惟有神奇的信仰嘉树
终将抽开满树精神的蓓蕾

一种铭记，航海者抵达彼岸的心灵罗盘
继承者永不丢失的接力火炬

一种守望，寒冷黑夜里熊熊篝火

初心岩石上的勒碑刻铭

有了这样的铭记与守望

必将拥有璀璨的远方和辉煌……

———2017 年 9 月 30 日

考验

还记得"天鸽"吗？话音未落
"帕卡"又将珠海身躯狠狠一击
还在揣测时，"玛蛙"又猛烈地拥抱和亲吻……
唉！这是惨笑还是嚎哭呢？

不用！太平洋那边的"哈维"
自由女神身旁搅得不得安宁
东方血脉里奔涌着血气和爱流
西方血管内却凝结着寒冷与暗晦

那边百姓求救不已
厌烦回复：不要再打电话了！
@所有人，信不信？
这是万确千真！

这边是人民的子弟兵
尚未求救，嘿！早将老弱病残背在铁肩
@所有人，信不信？
绝对无容置疑！

"哈维"喜泣的泪
还留在休斯敦
"天鸽""帕卡"
却已泪舞乾坤

"玛蛙"感动不已
泪祭"哈维"——
同在一个太阳下
两边的世界却毫不相同！……

——2017 年 9 月 4 日夜

鹭岛之夜

——观看鹭岛金砖五国文艺晚会感赋

今夜的鹭岛之美

惊艳全世界

展现的美仅仅是

伟大母亲的一个翩翩举止

鹭岛之美

海的万顷波涛

向世界敞开宽阔的心胸

激荡起千年恢宏史诗的浪漫腾涌

每当步入鹭岛

用心去聆听天籁的鼓声

鼓声驿动民族的律韵

所去者的心必与鼓点一起击拍脉动

当你还在陶醉时

鱼跃的钢琴声让你的心再次沉醉

琴悬繁星的天穹

随风飘逸浸润浮躁的心灵

海风拂来竹海潇潇
曼妙歌舞的凤尾竹
谐振涛声鼓声琴声婆娑
此时的你是否亦随之翩舞魂销？

雨滴溶了泪滴
雨滴融了心潮
聆听鹭群鸣和的天籁
乘着澎湃浪涛脊背的风飞翥九霄……

——2017 年 9 月 4 日夜

翅翼

——致抚琴时分的美丽爱人

黑白翅翼惬意翕动

空天划下无形的幽径

星星眨闪会幻想的微笑

秘密藏匿弯月的船舱里

笑容漾开绿松石色彩的碧霄

心中贮存已久的幽梦

已在誓愿血液里长大

一改往日温柔的缄默

倏变狂狷凌霄的五线曲谱

纤纤手指间流向神秘的黑白世界

深沉温柔的含蓄黑白间涌动

天边的流星雨洒落激情的疯狂

激荡苍茫旖旎的天涯

上下跳跃的键魂潺潺流淌绚丽芳华

梦的涟漪晕发无穷的时空

聆听天地间耳鬓厮磨的绵绵絮语

骋目流眄的星月闪烁玫瑰的高洁
嘉觃灵露傲霜的精华
挥别长空清新湿润的寂静
闪亮的地平线裸露赧红的香额……

——2017 年 8 月 22 日

不懂

情感缠绵岁月
岁月不乱
情感却乱成如麻

情感是一条被污染的河流
那些莫名的污源悄悄渗透
灵魂的露华最终要被它们渐渐吸干

立着身板走着
没有当初军人时的喝彩
迷蒙的雾霾沉沦战友的情感

坦率　坦然　坦荡……
四面"霾"伏中死亡
已被污染的情感焦土新生无盼

动人情感的歌谣曲谱
散佚流逝的岁月，心存冀望
情感僵尸的音符将在灵魂的苍穹悬挂……

——2017 年 8 月 17 日

七月——汗滴的自由时光

一个擎杯将梅雨饮尽
一把彩伞撑开女人的伏季
树蝉吟咏酷暑的促韵
香荷散发幽静的蕴意

扼杀汗珠儿的武器
布满活动出没的阵地
严阵以待，皆想
让七月阳光的炽灼尽快消去

一种散心的欲望
搭建向往远方的渡口
心中凝聚已久的涌动
快乐方舟之帆升起

汗珠流动激情的节奏
无数家庭的笑声
唱和宇宙明快的节律，哦
闪电无声寻觅隐遁的皓翁

七月的汗滴将帆浸透
心灵来风吹干不爽的濡湿
秋的斑斓，冬的淡雅
已在汗滴的色晕里隐现……

——2017 年 8 月 16 日

安好，九寨沟

——惊悉九寨沟地震感赋（链接：2017 年 8 月 8
日 21 时 19 分，四川省阿坝州九寨沟县发生
7.0 级地震，震源深度 20 公里……）

九寨沟，地震？
打破秋雨沉郁的寂静
摸摸腰带上的八一五星
肩头上闪耀鲜红的光晕

车座背上的迷彩服
似乎鼓起任务来临时的狂奋
一声令下，还能否旋即奔赴？
自言自语，自答自问……

翻出停放已久的军裤
凝伫最需要最危险的远方：
滚石乱飞的蜿蜒山路
最终被迷彩裤管下一双双流血的脚板征服

哦，灾难破损九寨的金秋
军徽悬立在鲜血沸腾的心头

扑通扑通装满不能腾飞碧霄的遗憾

军帽摇撼苍白的苦痛
再想回那火热的岁月
苍白的精灵叹息：一种长河无法逆洄！

奋进向前，价值的价值
不能包裹于军装的梦幻里
前行，扛住珍贵的果敢继续前行……

——2017 年 8 月 9 日

昨日夏风今秋雨

夏风尚未滑过隐秘的季节线
蓄满激情的穹隆伊始挥洒
难掩即将收获的喜悦和惬意

夏的翅翼还在笼罩北半球的躯体
火热的欲望已切入万物的丰肌
期盼催熟骄傲的染色基因

雨滴凝聚节律晶莹的信仰
迢遥征途黑夜长起
冰雪使者黑暗寒栗里惆怅咠诗

闪电引爆秋雷
阴郁深藏厚云里忉怛
皓翁将大地一个个秘密瓶胆摔出新秋的韵响

眼前的葱绿
仍然遮掩时光奔跑的倩影
宇宙胸膛划下速度幽蓝火花的意境

星宿潜移
花环、沙雕、动物……
各自的生命线上蜷缩

宇宙的光阴线
峰谷交错撞擦绝妙的弧光
一座座星宿投射出回味无穷的意象……

——2017 年 8 月 8 日

天籁

夏季的躁动
昨夜感觉倏忽静下
树丛中传来奇异的天籁
任何声乐器乐无从模仿？

白鹤芋扬起节律的帆
鼓动起幻想里的希望
向日葵还是那样执拗且意态昂扬
狂奇的热浪蓦然化作沉寂的汪洋

一望无际的荞麦澎湃芬芳的麦浪
秋雀模拟春鸟的娇啼幽啭
昆虫甩开蜗牛振翅吟唱
皓月颔首谛听悠然欣赏

夏的风翎焦虑中挣扎
撕心裂肺的呜咽过后
灵露的冰清感化秋的霄壤
汇聚的溪流沿着香径的蜿蜒淙淙流淌……

——2017 年 8 月 7 日立秋

夏之歌

眨闪的萤火虫
点燃了闪电
一双寒光四射的鹰眼
穿透飘泊的云彩

静卧南窗
倏听火热之石坠落之声
刺眼的强光因子像陨落的流星雨
渐变成赏心悦目的金黄

每一片落叶带着各自的奥秘重量
与曾经繁茂的母体挥别
柔情来袭，万物间的眷恋情愫
别和逢在大自然的脐带上延续

夏亦厌倦了自身地躁动
和着小溪的淙淙旋律吟唱
夕照依然灿烂
朝霞里已有了秋天的蕴涵

繁星隐烁闪电的激情肇窠

北极座的院宅里喧闹烬燃

淬炼出色彩斑斓的球体

渐去的火热之石坠击夏天躁动的心房……

——2017 年 8 月 6 日

九十年的凝聚
——隆重纪念建军 90 周年即兴抒怀

90 年前的枪声
一道愤怒的闪电
鞭笞悲惨的世界和黑暗的夜空
希望之星于擎起的旗帜上冉冉升起

发令枪响，艰难的历程开启
祖国　民族　人民
心中永不落的太阳
生命和热血铸就不灭的信仰

南昌城头摇摆胜利的原始军旗
井冈山巅定格朱毛会师永恒的塑像
一条前人从未走过的围城之路
自丘壑丛林向街心楼宇迂回延展……

抚摸历史岩石上三湾古田的记忆烙痕
枪膛螺线编纂政权和党指挥枪的真理蕴涵
恢宏史诗强韵流淌
一支新型的人民军队从那里鼓帆启航

万里长征仅是 90 年艰难历程的一小步
14 年艰苦卓绝的抗战
3 年摧枯拉朽的人民解放战争
三座大山瞬间在百年蕴积的火山口上塌崩……

火山的熔岩，历史的车轮
深大仇恨中，艰难困苦前
祖国召唤中，民族大义前
发展壮大中，人民爱戴前……一切为了人民！
波澜壮阔的斗争中滚滚向前！奋勇向前……

军旗跟着党旗走，军旗拱卫国旗行
国旗党旗军旗下的誓言：真正的军人！
从不相信有完成不了的任务
从不相信有克服不了的困难
从不相信有战胜不了的敌人……

沙场阅兵聚焦野战实战
战斗力提升打造劲旅精兵
血性淬炼灵魂，本领辉映品德
面对新常态，重塑新形象
重整行装再出发踏上新的长征……

伟大的革命、伟大的斗争
伟大的事业、伟大的梦想
钢铁一般的信仰、钢铁一般的信念
钢铁一般的纪律、钢铁一般的担当

必将锻造一支战无不胜的磅礴力量……

90 年的磨难，90 年的磨砺
90 年的探索，90 年的奋斗
90 年的发展，90 年的辉煌
90 年的凝聚，90 年的向往……
开辟崭新的复兴航线迎着喷薄的太阳……

——2017 年 8 月 1 日

不落的帆

——X1003 船战友相聚感赋

岁月的风
时常舒展起心中那一片帆
海水浸润的心
随鼓帆的节奏绽放一瓣瓣梦的浪花

哦，舰船雄姿初映入眼帘时
整个身躯融入神圣的船魂
踏上草绿色的甲板
好奇的心随风浪桅桁无规律摇晃奇想……

战旗猎猎，笛鸣长空
神秘新奇的水兵礼节尽显站坡庄严
樯桅测量摇摆的角度
锚出水，驶向玫瑰红的绚烂天边

闪亮的弧形天际线
陌生泡沫和空天间流动绝美
海鸥翔舞狂风，呼唤吟唱
勇敢掠过波谷险峰腾蠢霄汉

鱼儿醉跃，雀儿鸣欢
勇敢的闯海者紧紧攥住海魂的臂膀
牵携绮丽风光的纤手一起翱翔
惊心动魄中磨砺升华胆略和情感

避风锚泊的日子
寂寞蒸煮时光白烟冉冉
港湾停泊待命，队列踏破枯燥的身影
家庭温馨盈盈溢漫大大小小的锅盆瓢盏

开始一年一季大保养
视如己家的船舱里里外外捯饬一番
往日血性威武的小伙
俨然爱家如命的"家庭主妇"皆受称赞

缆绳牵系缆柱
锚爪紧握海心
往日所有的骨杂都在光阴的文火中熬烂
钢铁般的情谊船舱里
凝聚了平日厮磨和惊涛骇浪

军号唤醒崭新的太阳
军号催眠故乡的月亮
海魂船魂锻铸军魂
军旗浸染红色基因
党旗舒卷繁星璀璨……

——2017 年 7 月 28 日

紫荆花开

119 年前，专条加大炮
掠走母亲掌心上一颗璀璨明珠
但紫荆花的根茎里
仍然时刻奔涌着母亲灿如朝阳的血液

99 年的分离，光阴之剑
从未割断母子的血脉
大海澎湃母子连心的电流谐振
"嘭嘭"拍岸是母子心灵的感应

20 年前的今天
奔涌母亲血液的旗帜
紫荆花嫣然绽放中冉冉升起
醉人的乳香熏蒿母亲秀发的娇美

紫荆花每一枝舒展的花茎
流淌着亲情天然的蜜汁
每一片紫艳的花瓣
漾开团圆天伦之乐时温馨幸福的涟漪

紫荆花蕊浥香露珠的晶莹
映射夏天晨曦斑斓的光翎
心灵盈溢的甜美洇染紫荆旗上
幸福因子融化母子脉动的血管里世代奔涌……

——2017 年 7 月 1 日

初夏的忧郁

春天的光翎
夏天热情的颊骨上隐燃
白色的灰烬将浪漫掩埋
岚光浮动远山神秘的朦胧

江南梅子终于酿成一湖金醴
发誓醇醉自大的苍穹
淹溺月亮和繁星的光环
淡默的太阳亦似乎倚醉在地平线上

梅姑盘踞夏季的城堡
长空披拂疏淡的纱幔
遮掩节律换装的赤裸
夏的灵魂坠入清凉的碧丛

忧郁的血液主宰天穹的躯体
宵雨中彳亍，颓唐路灯下漫吟
黑暗深处旋转渴望的风暴
那里已鼓荡起火热壮阔的生息……

——2017 年 6 月 22 日

香桃木

星空中贮积的梅雨
觊赐给生机勃发的南方大地
击穿穹隆的飞空雨点
敲打灵梦的窗棂

香桃木雨中花开
宛若云朵上簇拥的星星
眨闪好奇的双睑
掀起清幽的梦帘

绽放的花瓣
一片片白帆
鼓荡超然的勇气
爱的密语风雨中传递

翠绿丛中喜雪缀枝
玉人熏沐，一瓣香吻
飞来白鸽
相约而至，同牢合卺

幽香惊醒可笑的幻觉
衔枚结草编戴花环
奉献泣露之月，静卧聆听
香桃木散发玄妙的空灵

哦，发出心灵的情语
摘一枝戴在心爱人的秀发间
盛满秘制的醇浆擎杯称觞
爱和美携手悄临，蕴藏宇宙不朽的内涵……

——2017 年 6 月 22 日

致友谊

人生之旅尚未开始，友谊之神
已将友谊之种播撒，每当
站立雾的穹顶扬起风帆，天际线处
射出最高希望的第一缕曦光

挺起胸膛，迎着绚丽的朝霞
风雨同舟朝着心中理想启航，共享
露饮清泉的甘甜，大汗淋漓的酣畅

征旅之舟，穿越
黑夜笼罩的暗礁，雪堆的峰峦
暴风雨的激情掣电痉挛
黑暗中孤独在颤抖，友谊绽放光芒

一个阶段人生之旅的终结
闪耀一次载入人生史册夕照的绚烂
旅途虽布满荒谬可憎的荆棘
仅是心里的一念或躯体的摔跌

情谊之花孕育团队力量滋硕

艺术灵魂构筑静好的心灵港湾

无形孤独携黑暗悄然消融

旅程新帆拥抱芬芳四溢的太阳……

——2017 年 6 月 6 日

致 "六一" 儿童节

——脉动诗心，携手共度一个地球上最天真
最烂漫的节日

石榴花开

携夏天一起火火红红

成熟之露沐浴成长的因子

富贵和子孙满堂的祝福

镶嵌家里敞亮的中堂

栀子花开

雪色芳馨滋润纯真的心灵

将坚强定制精神之钙

支撑起奋进的脊梁

守候爱的永恒，共享爱的芬芳

丁香花开

高贵将夏天打扮

情愁装进基因的香囊

一起绵缠灵雨的浪漫

琼蕊的贞晖照射亮向往的彼岸

樱桃醉红

循环法则萦绕每个人身上

幸福光翎沿四季的脊背飞翔

精神樱桃在人生五味瓶胆酝酿

小朋友们，前方的花木

依循信风节序盛开，累累硕果勤勤采撷

童真的芳香充盈心灵的行囊

知识混凝童趣质量的泥浆，构筑快乐的天堂

大朋友们，尽情荡起快乐的双桨

健康盛满生活的船舱，牵携小手

共同编辑精彩的欢乐时光的相册

惬意翻阅记忆的经典，将幸福的诗意饕餮珍藏……

——2017 年 6 月 1 日

伫立

伫立晚风中
太阳燃红了天
醉了的风吹散袅袅夕烟

伫立灵湖边
芦根在泥淖中蔓延
葱茏摇曳酡红的瑟瑟湖面

伫立窗轩前
褐色的夜眨闪星星的心愿
一种绽放弯月歌舞翩翩

昼与夜黑白的琴键
弹奏春夏秋冬的韵致，可又有谁？
真正用心聆听得真真切切……

——2017 年 5 月 17 日

黑天鹅祭

——惊闻上海徐汇公园黑天鹅遭盗戕生感赋

黑色愚昧降临黑夜
黑天鹅惨遭歹毒黑手戕生

黑色的血泪喷溅无边的暗黑
昏天黑地里曲项苦寻

黑风里，灰雨中
草丛里，山石间……

追寻湖中倩影，追忆柳下歌声
追思展翅翎羽，追叹云霄空灵……

黑色赋予黑天鹅鲜活的生命
愚昧浸黑了人类鲜红的良知

善良的柔嘉编织花环
愤恨的缄默锻铸翅膀

飞吧，驱散罪恶的黑云
愿成为点化愚昧的黑色天使

——2017 年 5 月 12 日

丁香

宵雨掠过原野
乌云欲将春天卷走
丁香却临风亭立含芳沐浴

回忆与志欲仍在
掺和情愁一道生长，长得越茂盛
迟钝的根越伸向地里的黑暗

默默无闻的丁香
从未想和风霜雨雪纠缠
却与人的情思缱绻缠绵

追忆斜挂茂盛的枝梢上
芭蕉般闲愁揉进香结里
荒野狼鸣的恐惧中仍在默默等待……

——2017 年 5 月 9 日

远方

——致五四青年节

宇宙的双手
左手缓缓拉下春天的帷幔
右手为青春披上节日的盛装

携爱人和孩子们一起过节
握手青春紧紧拥抱幸福
平淡和快乐塞满生活的行囊

年轻时，只知埋头赶路
唯思搜寻和追逐彼岸的远方
曾未认真体味年轻甜美的时光

当初，一串串诗痕镌勒荒陬
从未感觉身在异乡
如今，倚窗远眺徒生羁旅闲愁

荆棘的智慧批判逻辑的芳华
爱情的沃土怒放艳丽玫瑰
时光的血滴浇灌精神青春之花

——2017 年 5 月 4 日

相约

杜鹃开啦

隔着玻璃朝外看

绽放满眼的绚烂

推开相隔的窗

熟悉的馨香沁入心间

如期至约而又惊喜的见面礼

蓓蕾红彤彤的蕴涵

只是为了一个等待

翘盼已久的等待

绿色导线连通小喇叭

精美话匣轻风里打开

传奇故事，驿动的春信里传颂

浩瀚宇宙里喜添中国元素

方舟一号安家银河彼岸

这是人民的名义

上帝曾指令

120 年内建成诺亚方舟

躲避洪水灾难，这是上帝的名义

宽阔海洋腾跃一条新生巨龙

岛链作为游戏构成的符号

好望角的骇涛是戏珠欢乐的浪花

啊，一个灿烂之春，惬意之春，幸福之春

之前漫长的倒春寒

蕴积天地节律的灵气与精华

哦，国之喜，家之福

国之忧，家之愁

——融进春天的芬芳……

散发幽邃的宇宙

汇聚奔涌的江河

铭勒永恒的心碑……

——2017 年 4 月 29 日

紫藤

编捻丝缰

勒住发烧苍灵的蹙步

飘逸如瀑的秀发

拂过夏的面颊

编扎花廊

这边春意阑珊

那头夏云舒卷

幽香牵系节律的冲动和浪漫

编织云幔

沉迷于春的往事

沉醉于缕缕春风

沉凝于朗月春江

绿色藤蔓

用催开花的力量

又将春天的画屏

渐渐收起，珍爱收藏……

——2017 年 4 月 27 日

巨龙入海

——首艘国产航母下水感赋

昂扬的龙头
一个热烈的香槟吻
酒花簇拥如花的笑靥
挺直脊梁昂首深蓝巡航

承载全球华人
深蓝海洋之梦
百年航母之梦
瞻望世界，屹立东方

还曾记否？
1918 年——"百眼巨人""竞技神"
航母首参一战
轰动全球，惊羡华夏

还曾记否？
1928 年——陈绍宽首提自建航母
一个民族非常遥远的梦想
不——是梦幻！是一个不着边际的妄想！

还曾记否？

1937 年——江阴海战熄灭海军星火

108 天惊醒破碎世纪之梦

甲午耻辱的血泪再次悲催淋漓

1949 年春天的闪电

点亮东方民族海洋之梦

13 + 3 （人加吉普车）的简单算式

运算起建设强大海军传奇的方程

68 圈瑰丽年轮绝妙螺旋

血滴泪滴汗滴秘制汁液里沁润

一朵朵爱的绚烂蓓蕾怒放东方之巅

航母 style——全球华人为之骄傲的时尚妍姿

哦，香槟酒的醇香，尽情的醉人 kiss

披上祥云裁制的绶带和彩旗

梳妆和风飘拂的美髯金须，华丽转身

任性穿越人为岛链，飞骞九霄……

——2017 年 4 月 26 日

故乡

张满春风的帆，从远方快乐返航
靠泊熟悉而又恬静的河岸
我会回到久别的故乡，不止一次的这样想
假如所收获的多于所失落的

哺育我成长可亲的河岸
曾经背上书包上学的小路、菜园
还有那穿过的树林……
再次让我不能平静和回想

在那清凉的小潭边
泛起的水波依旧
在那弯弯的河岸旁
我曾朝着漂向远方的小船凝望……

曾经与我相守的山峦，还有故乡
让人尊敬的长者，让人亲切
让人安全的轮廓，还有让人心神安宁
装满故事老屋的阁楼和横梁……

兄弟姐姐的微笑
同学战友的拥抱
乡情如初，友情如故
亲情更是如此美妙……

河水荡漾童年的摇篮曲
一直伴随抚慰柔软的心灵，哦
故乡之子，虽饱含无尽相思之苦
心中却蕴藏着无限爱的温馨……

——2017 年 3 月 29 日

黑暗时间里浮出的水晶

——读保罗·策兰诗集感赋

"有时这天才走向黑暗，
沉入他的心的苦井中"
策兰在下面画下重重的黑线
走向密拉波桥，追逐塞纳河的春波

"死亡是花，只开放一次
她就这样开放，开得不像自己"
策兰是否在死亡的浪花里
这样徜徉啸歌……

时间的眼睑
雪花飘舞中睁开
音乐和诗歌的花瓣
心灵的春天里飘飞，格外芬馨

恐怖的铁幕遮挡住光明
无极的黑暗
撕裂生命，破碎生活
吞噬人性，凝固梦幻……

策兰的双亲在奥斯维辛
像烟升，像天空躺在云中的坟茔
22 岁的青春树
最嫩的叶片发出尖吟

遍体鳞伤的血滴，心灵深处的血滴
掩埋暗黑破碎死亡……用意志死死压住
尖锐的屈辱和绝望，搭建词语的向度
让诗心在黑暗时间中闪出奇异的光……

在另一种时间里，死亡的花在开放吗？
玫瑰泼溅上泉水泪水
熔化在更灼热的睫毛上
一只硕大的蝴蝶在飞？

在一个春天里
得到一种疼痛的收获
心灵的帘睑被火焰清洗
幸福向在飘拂的春风微笑招手……

——2017 年 3 月 16 日

雨中的野樱桃花

下雨了，山野里
提纯了春的味道
野樱桃花，寂寞地开在时间的气味面前
湿淋淋地寻找昨天路过的那俩
他（她）们尽情地拍照，开心的嬉笑……

野樱桃花，眨着湿淋淋的眼睑张望
他（她）们的话语拨亮了野樱桃花的心灯
我的灵魂是那霏霏春雨
融进了那山、那溪、那花的微笑
还随那野樱桃的花瓣一起落英纷纷

下起那让人剜心的花瓣雨
我懊悔，那贪玩的车轮
却无情地从花雨的灵魂上轧过……
哦，野樱桃花那湿淋淋的眼睑
还在那幽深的山野里眨巴期待的张望吗？

——2017 年 3 月 13 日

春日

——致亲爱的孩子们

孩子们，是时候了
冬天已经过去
把你们的倩影置于日晷上
让风掠过原野

枝头孕满蓓蕾
四季的灵魂
串成前行中瑰丽的诗行
把珠箔般汗滴压进浓浓的甘醇

筑牢地基，播撒种子
不选择孤独，能忍受孤独
瞻望原野，翼翼飞鸾
交相淬励，舒卷妙翰

前行，落英纷纷，依然浪漫……

——2017 年 3 月 10 日

春风

春风，把冬的最后冷漠
朝着落日吹去

湖水涂改天空的颜色
柔柳亦在岸旁学着涂鸦

风，并不孤零
已经听见春的跫音

月光晖映月见草
一颗不羁的心朝着夜香奔袭

帆，悬挂起远方的海
风起，春晖在前方云集

太阳撒下金灿灿的碎片
浪峰波谷间鸥群追逐时光的金箔

船长将心系在摇曳的桅樯
风卷血色绮霞舒散温暖的彼岸

翻阅记忆的书页
回眸身后的路吹得歪歪斜斜

岁月，与丛林纠缠
嘉木成林的梦想，年轮笑靥的涡旋

爱情硕果风中蒂落
爱恋之锥深深扎进春天浪漫的心尖

春风，多姿多彩
璀璨彩练铺满时光的脊背

春风，五味杂陈
爱的食材培育情感的味蕾

春风，化雨润物
世间枯涩质变成平淡的甜美……

——2017 年 2 月 23 日

在燃烧

太阳，点燃春天的火炬
燃烧冬天的铠甲

记忆，蓝幽幽的雪花
寻觅阔别的故乡

飞雀采撷冬天散落的音符
黄昏披上淡淡性感的薄纱

蓝幽幽的梦，幽幽的雪花
失望之锤击碎期待的梦乡

冬的犀利回眸，释放冰凝的暗器
屡屡射中玫瑰任性的翅膀

春云翻卷湖心，绮霞燃烧湖滨的宁静
拍岸的节律脉动春天的疏狂……

——2017 年 2 月 15 日

无题

时间的空白
包裹不忍直视的真相
孤寂，髯叟须发卷云下纷披飞扬

时间的暗箭
射中驾抵西山曦和的心脏
血的嫣红洇染高寒的苍穹和骏逸的山峦

曦和之车坠落千丈悬崖
不会迷失方向的时间蜜蜂
在黑暗的低声部搜寻叹哀

曦晖揿住按钮向光明拨动，叮当叮当——
智者的铃铛，舞者旋律的欢畅
愚者的铃铛，击碎春梦的炫光

诗痕——泫泫汩汩
串连起小溪　大河　海洋……
邀春风一同举杯泛霞

时间——嘀嘀嗒嗒，贮存心匣

褴褛　弱冠　而立……

绕膝承欢共享天伦的期待漫溢

泪滴——梅雨浇淋光阴衣襟

滑落　流逝　消失……

衔枚疾行的早行者的姿致

——2017 年 2 月 7 日

早春

走在湖边的幽径
踩踏冬的尾巴
感觉到一阵阵的抽搐
前方迷蒙的雾幔
遮掩笑靥的芳华
风悄然转向，微熏悄自东南

湖岸的蒹葭披拂陈旧的冬装
散发浓浓冬的气息
挟裹的飞絮间歇朝西北转向
飘舞朴实的轻盈
甩脱冬的迹痕和忧伤

继续前行，满眼尽是冬的苍颜
倏见一处棘墙缀满金蕊
眨闪星睑，窃笑羞言
迎春花收到春天第一条微信：
"张开臂膀，一个温馨的拥抱……"

——2017 年 2 月 6 日

归途

雁阵飞过心头
一声撕心裂肺的鸣叫

雪花迟来的飘落
未能释怀梅香的迷茫

卸下一年的疲惫
背上回家喜悦的行囊

风却窥听心灵的豪笑
不忍心惊扰回家的梦乡

归途如虹却总在梦里峰回路转
沁入骨髓的年味已开启心箭的导航

雁声远，箭仍悬
故乡的云——诗梦心翔……

——2017 年 1 月 19 日

新春寄语

窗前蜡梅摇曳花信风铃
时光雪花漫舞生命时空
聆听宇宙天籁，记忆之风
穿越岁月蜿蜒的回廊……

玄冥①设置通途上的障碍
寒冷和黑暗的栏架重重
风携雷泽②飞，岁月急先锋
跨越节令栏杆的英姿轻盈

句芒③加快向往温暖的速度
梅与雪的拥抱
孕育春的万物生荣
路，时光调声叶律④中伸延

简单的折回和枯燥的回旋
芳华一点一滴地消磨殆尽
愤怒的小鸟将丑陋的衰老抛向无限的时空
浸染匆忙追逐者灵魂的流年

风吹野火后原野茂盛的烧烬
小草的心尖又凝结斜月的晶莹
潮音蕴蓄力量的浩荡
冲破——寒冷与黑暗

弧形天际线处喷薄而出
冬季沉重的黑影逆光里遁隐
前方，来到春天的路口
一个个美丽的春天故事从这里延续……

——2017 年 1 月 1 日

注释：

① 玄冥：冬神。

② 雷泽：雷神。

③ 句芒：春神。

④ 调声叶律：调弄声韵使合于音律。

向上的生命

一个冬季的早晨

穿越一片森林

藤蔓牵绊匆忙的脚步

一滴晶莹的光阴之露

仍在攀援着的叶片上自由滑落

融和脸颊上微暖的汗珠

一丝惬意涌上心头

随岁月的心絮飘飞

心灵哲理之锤撞击心扉

聆听万物生命的琴音

杂乱无序的音符

攀越一个个时光的音阶

信风不停弹拨

天地经纬的丝弦

演奏一曲曲倔犟向上的美妙强音

向上的禀性孕育坚韧品质
踩踏节令的韵律
向着太阳，向着光明……

匍匐　螺旋　攀援
不屈前行的姿致
追寻生命内涵延伸拓展的天梯

环境调节生存哲学的基因
一时无奈的下行之态，其实
已在创造明天振翅凌霄之机

沿峭壑绝壁坠落的惯性
悬垂向上蔓发的绝技
蕴积升力能量的天性之美

穿透树林的光束
晖映时间的玫瑰
刻录年轮唱片留住永恒

日月山川，风霜雨雪
生命之弦铿锵弹奏
生命之歌豪情激越……

——2016 年 12 月 22 日

冬夜

月的桅杆
划过清寒的黑夜
弯曲的灵感随风飘逸

空旷的古街
流淌时尚的诗韵
走与未走的皆已镌下羁旅者向往的韵意

翰墨渗透浓露流淌
夜色沁润墨色泼洒
擘窠字魂覆盖心灵的天下

露霜渗透的欲望
无意碰触诗人的手掌
凝冻的因子与诗人的灵感碰撞……

红日涌动东方的期待
放浪的形骸欲沉睡冬夜的躯壳
未眝眼睑，寒夜的精灵已为觅春悄然远去……

——2016 年 12 月 21 日

再遭 "霾伏"

——据气象部门预报，19 日夜间至 20 日，雾霾最严重时段，部分地区 PM2.5 浓度超过 500 微克/米³。将有 11 个省市在内的地区被雾霾笼罩……

哦，眨着清澈双眼的孩子，看到了什么？
哦，明眸善睐的爱人，看到了什么？
看见可怕的巨兽从北向南吞噬日月星辰
看见壮丽起伏的山峦在匆匆行人眼前迷失
看见海市蜃楼在城市上空奇迹隐现
看见面戴口罩的人类在无奈中彷徨逆行
看见所谓的阻霾巡视者与雾霾徒劳共舞
看见一棵棵黛色的树干黑血淋漓
看见朦胧的湖面黑天鹅曲颈呻吟
看见宇宙的五脏六腑在溃烂！在滴血流脓……
噢，雾霾呀，雾霾！
可恨而又可怕的巨兽
何时才能从休养生息的故土上远离……

——2016 年 12 月 20 日

暖阳升起

初冬的曙光点亮黑暗
光束穿透孤傲的冷寒
天际线处散射
向地球传递一种温馨的情感

绮霞携海浪一同涌翻
太阳心中的神秘
隐现豪情澎湃的云浪

突破的冲动绵延的山峦弥漫
酡红润湿宇宙的调色板
渲染一种境界非凡的童话

云霓和浪花媒体镜前聚焦
踩踏激情的冲浪板
穿越时空峰谷的梦幻……

舒卷的云彩中央
蕴酿雨雪蓝色的梦想
拥抱彼岸的向往浪花琼蕊的褶皱里隐藏

暖阳跳跃东方

宇宙的心灵

一片炫晃中豁然开朗……

——2016 年 12 月 9 日

依书染熏

云雀妙啭
曦晖穿透南窗
书房绿萝撑开换季的懒腰
金灿灿落叶，搅动
墨香　纸香　书香，亲吻古帖
沐浴沉醉虚静轩的熏香

蔡侯的灵感
树香　叶香　草香中凝固融化
开启演绎纸香墨韵千年传奇之旅
墨晕洇染苍穹的浩瀚
书香染熏年轮螺旋的浪漫
诗心画魂铃记岁月情韵的芬芳……

——2016 年 11 月 30 日

永恒的纪念

——纪念孙中山先生诞辰 150 周年感赋

150 年前的今天
一个婴儿降临时的一声啼鸣
翠亨村，从此
地球上留下革命地标的烙痕

香山翠亨的水呀
连着澳门的江
格兰诺克号轮船迷茫中扬帆
开辟世界的通途——驶向远方

悬壶济世，仅能医治疾病的躯体
民众的重疾，心灵思想的创伤
贫穷羸弱伤痕累累的母亲
由谁来拯救与扶伤？

革命的种子在滔滔苦水里萌芽
变革与革命中探索拯救东方世界的良方
革命者在革命中失去的只是枷锁
而得到的将是整个世界和幸福的芬芳

高擎信仰不灭的旗帜
黄花岗英烈血流成江河
将这面旗浸染得如斯绚烂
融入旗魂的振兴的梦翎振翅翱翔

革命的潮流浩浩荡荡
英烈鲜血孕育时代的春色
武昌起义的枪声
于无声处的雷响
二千余年帝制大厦瞬间倾覆终结

以天下为公为己任
民主共和的理想
血与火中涅槃
终在革命耕犁的土壤里生根发芽

民族　民权　民生
自由博爱的向往
恐怖危险幽冷黑暗里摸索前行
蜿蜒曲折螺旋上升中艰难延伸

革命尚未成功，同志仍需努力
革命的根基在人民那里寻觅
革命的伟力在人民那儿集聚
伟大的事业必将依靠伟大的人民来完成

星宿编织启航的梦想

北斗转起航行的罗盘

圆梦之旅鼓帆

红日喷薄革命航程崭新的蕴涵……

——2016 年 11 月 12 日

生日礼赞

——空军 67 岁华诞（1949. 11. 11—2016. 11. 11）
感赋

硝烟战火的洗礼
逆境贫寒中毅然诞生
祖国人民望眼欲穿的期待中诞生
在中国人民从此站起来中光荣诞生

母亲的翅膀，电掣的剑光
与共和国一同成长，一起豪迈高翔
母亲召唤时——果敢起飞
人民需要时——紧急起航……

将尊严的内涵镌勒浩瀚的苍穹
将大爱的甘露挥洒广袤的大地
将赤诚的霓虹编织绚丽的云裳
将高尚的芳魂谱写瑰丽的诗行……

信仰与使命，勇敢和忠诚
腾骞与搏击，血性和青春
敢胜与必胜，壮志和信心

逐梦蓝天白云，开启新的征程……

同呼吸心心相印，共命运血脉相传
携天际线一起飞，哦！
母亲束腰的领空线曼妙如斯
漫天飞舞自信的翩妍……

——2016 年 11 月 11 日

飞

云牵宇宙的手
地球在飞转
风吹鹰的翅膀
九川冲刷时光的岸滩不复回

太阳冷暖交汇处徘徊
雪花未约而飘然
海浪涌向天边
霓虹连接起时空的彼岸

雪梅阔别相拥
迎春花羞涩绽放
爱情的翅膀向往诗与远方
情愫丝缕编织一张无形的网……

——2016 年 11 月 10 日

秋阳杲杲

上帝止住伤心的眼泪
太阳之舟乘风扬帆
岁月的伤痕悄然结痂
身轻如燕的倩影轻捷跨栏

太阳之箭
喷射出飞龙幽蓝的火焰
灼烤阴森寒冷的濡湿
灿烂回眸点燃连日地球的黯淡

暖暖的，幸福射线穿透心房
秋亦动情，跫音悠扬
躺进时光的温泉
自我欣赏裸秋的五彩斑斓

天边升起瑟瑟的紫霭岚光
梦幻般的林甸山屏
播映秋天境界非凡的童话
跫跫深径，倏闻一种熟悉的跨栏……

——2016 年 11 月 9 日

秋浦河

蕴藏着诗魂
从云端溪谷里曲折蜿蜒
散发诗韵芳香的两岸足痕
充盈诗仙绿醅的金樽
漾开诗性美的涟漪
承载所有来往的叶叶扁舟
回荡崇山峻岭幽壑苍崖……

楠树女贞千载绝妙的年轮
涡漩隽永如斯的诗行
翩翩白鹭嬉戏腾跃的鱼群
昭明钓台沉没绚烂的夕阳
谁闻白猿攀援涧壑丛林时的啼吟
冷凝清澈的河水
月晖融化了诗河的诗心……

千年的流淌
淘漉酒糟残渣的浑浊
飘袅清醇的酒香
撩拨起谪仙人诗情春心般的勃动

诗灵冲撞血管随酒性沸涌奔

穿越时空——牵手当代诗仙

坐石临流，吟颂泛霞……

——2016 年 11 月 6 日

秋雨

云层意识的堆积

遮挡宇宙的灯塔

上帝的眼泪祈祷太阳之舟扬帆

岂能错失与潋滟秋光的相拥吻别

架设星辰里的钢琴悠扬激越

觭弦生风，天马行空

黑白起伏流淌时间的玫瑰

白雪公主前方翩然隐现……

——2016 年 11 月 5 日

心脏与黑暗

诗心携墨魂清狂

黑暗幽灵滑向大地边缘

幽暗终于消遁忘乎所以的疯巅

燃烧的思绪倏尔化为逝去的风烟

潮退卷走心絮的烧烬，"怦怦"

心脏之锤敲击血管深处的黑暗

银河澎湃浩瀚的风涛

海岸喷薄太阳升起的磅礴力量……

——2016 年 11 月 3 日

雨夜

滴滴浓墨

晕染曛晦的夜空

遮住宇宙的双眼

星座坠入别致的书轩

柔弱的灯光点亮星辰的梦想

烁烁星光，冉冉墨香

宣纸无边洇润朵朵绮霞

川流卷走寂寞，岚光编辑诗行

曲幽小径丛林中散逛

红果击中撷拾时的肩胛……

雨敲窗棂，爱人沁入心田的吟唱

灵感之箭携夜雨霏霏

麋鹿钤印，云雀翩翔

池塘枯荷，绝壁藤蔓

耕犁经纬，兰桡击浪……

萧萧秋声里血液翰墨谐振

心路闪电的瞬间

遐思的滑板

攀越共振惊波的峰巅

倏忽滑向波谷，转而冲浪向天……

白云舒卷，静凝案前

思维空白里脑洞徐徐打开

寂静淬炼时间之锤

訇然敲击光阴隔壁一扇窗

黑暗幽灵遁逃胆怯肝颤

不愿搭理，像个被强迫弹琴的小女童

凝挂的泪珠侵蚀阴晦的海岸

揿下星座的按钮

慵懒依卧书香缭绕的南窗，挥别雨夜

将梦的魔方狠劲儿地扔向远方……

——2016 年 10 月 26 日

长征二首

——纪念长征胜利 80 周年感赋

（一）

围剿，蚕食鲸吞
逼到墙角的最后跳跃奋争
一条无人亦无法想象到的路
于都河畔启程

一个圆心，一枚射线
于都人把心中的路扛在肩上
门板、床板、店铺板、棺材板……
构筑起永远不可炸毁的民心桥梁

连接起不知去向哪里的神奇之路
随不灭的信仰延伸
随革命的乐观主义延伸
随惨烈的战火向前延伸……

曲线、射线、直线

战术、战役、战略
量变、质变、革命……
星星之火点燃信念之焰

一抹绮霞舒卷遵义上空
正义之臂校正罗盘的误差和失灵
瞻望远方，撕下一片乌云将真理擦亮
冲锋向前，脚下的路分外宽敞和顺畅……

土城的袅袅硝烟
升腾主动出击的昂扬士气
拆解迷茫的问号
草鞋和裤管牢牢将信念与坚韧绑起

四渡赤水的神来之笔
掀开世界军事史上瑰丽篇章的传奇
迂回、智诈、运动、追击……号角之风
唤醒一支支抗日力量北上会师

乌江的梦魇里终结历史悲剧的重演
金沙江的湍流却卷走罪恶与腐朽
信仰之钢焊接大渡桥冰寒的铁索
演绎一部部璀璨的现代军事传说的经典……

雪山鸟绝，草地无越
信仰金翅飞越不可逾越一切
暗无天日的黑暗，饥寒交迫的苦海

无法穿越的火线，不可战胜的险绝……

时节如流，寒暑交替
一双双淬火了的赤脚板，丈量长征
二万五千里荆棘满径与蜿蜒曲折
前无古人后无来者军事恢宏史诗之绝……

鲜血成河铸就军魂之剑
宝塔之巅镌下美丽而又响亮的名字——长征
致敬！长征
新的长征又在奋勇逐梦中启程……

（二）

回眸那条走过的传奇之路
飞旋了 80 圈的年轮陀螺
绝对没有反转的可能

地理的物质的可能部分幸存
诞生奇迹时的环境和精神层面等诸多因子
随历史烟云早已消逝无踪……

无法复制的天路，无法复制的心境
无法复制的悲壮，无法复制的惨烈……
所有无法复制的一切的一切……

复制什么？为何复制？

又有哪位天才大师重新绘制？

或是一种心生好奇，抑或是一种精神追寻……

毅然站起时，一位伟人的魅力

灭迹人世间不可能灭迹的龌龊职业

这岂不是特殊长征途中一座丰碑矗立

豪迈强起时，一位伟人的魄力

清廉的除虫剂，灭杀或正在灭杀

人世间不可能除尽的侵蚀母亲肌体的蛀虫

向贫困宣战，向脱贫攻坚

消灭绝对贫困，向全世界宣告庄严承诺

这岂不是崭新意义的伟大长征

与 80 年前的那条长征路不同

信仰的发展和坚持

初心的笃定与延伸……

哦，新时代信仰的互联网：

自信加艰苦奋斗之路

引领加同心戮力之路

逐梦加共担大义之路……

自醒、自觉、自信、自强

当代全球最时尚的符号

篆绣承载信仰的旗帜上飞扬……

亲诚容惠雕琢不灭的心碑
和平发展融进灿烂的笑容
丝绸和大爱架接诗韵和远方的霓虹

一次全世界为之惊羡的长征
一次自我设计，前无古人后无来者的长征
一次当代全新蕴涵的伟大长征……

——2016 年 10 月 25 日

墨晕

麟角踏浪翻飞

潮涌之魂

洇染浩帙书卷神奇的书眼

蛟龙腾跃蜿蜒的航迹

追逐生命矗立的灯塔

晞光闪烁海天隐现的彼岸

礁石的涡流

飞旋浓淡枯湿的苍劲

海鸥翩舞激情擘窠

眷眷之心，钤印鲜红

幽邃海天舒卷墨韵诗性的无限之情……

——2016 年 10 月 24 日

秋的云翼

云彩的蝉翼

舒展春天浪漫的遐想

背负火热烤炙过的收获

向着心中最美的地方高翔

鸟瞰豪情奔放的河川

鞭策扬鬃驰骋天边的峰峦

航拍斑斓千里的沃野

挥洒秋天真正的蕴涵……

夕霞酡红

燃烧沉降的寒冷

将温暖一点一滴收纳贮藏

孤寂幽冷的黑暗留存梦的风翎

鸿雁几声刺耳的嗷鸣

寂静携金风玉露悄然坠下

清静如水的月光

拥抱芙蓉夜色下的浪漫……

紫霭冉冉熏沐满天繁星
朦胧的薄纱飘拂羞涩的遐想
花叶竞编露珠水晶摇床
卧听秋夜人间天地美丽的童话

菊花擎起高洁与坚韧的信仰
紫黄红白跳染风霜雨露梦的秀发
大河将小溪的执着投进壮阔的海洋
浪花澎湃激情汇聚磅礴的力量

触碰闪烁弧光的天际线
纷纷花雨旋舞雪花的梦幻
秋心搏动信风追寻的节律
风雨潇潇之后，哦！如诗如画……

——2016 年 10 月 22 日

时间与心脏

自远古汩汩流淌
无从科考更觉梦幻
无声无息，无影无形
哦，两岸旖旎风光如诗如画……

尘世万物
蜂拥河面熙来攘往
漂流览胜，令人向往
迷失于时空如斯奇幻……

聆听一颗心脏
泵起生命的溪流
像太阳升腾宇宙鲜活生命的无限
跫跫音随，与时间之手紧紧牵携……

生命的小溪

汇入时空的河流
无暇驻足，从未停留！
或同频共振，或分散衰弱
或撞击湍回，或随波逐流……

红色泵站，生命脉冲
时间涡流
刻录芳华的绚烂
螺旋基因繁衍宇宙的浩瀚

溪水淙淙，跳跃蜿蜒
依岸溪花寂然里悟禅
点点繁星闪烁宇宙的骄色
坠满溪河无限遐想……

倦意停歇于弯环
幸福和悲悯，忧郁与彷徨
湍流连环撞击，时空河流的浪花
从何感知到胸怀脉动的情感？

"嘀嘀"，时间仍在衔枚疾走
"怦怦"，心房紧随节律跫跫
不知从何时起
连接时间的节点繁衍出"永恒"……

——2016 年 10 月 21 日

帆

黑色之滴

白云间奔散泅发

晕开深邃的海洋

骊骓飞缰，雪涛拍岸

海天一色，风正悬帆

袅袅天香

打开灵感的魔方

一列列，一行行

旌旗猎猎，编队远航

鸥燕翔集，雁阵惊寒

或纵横开阖，或瑰玮跌宕

或豪气潇逸，或枯湿浓淡

如丝若缕，翩然洒脱

太极鱼腾，渔夫张网

空灵音符洒落心灵波澜……

一抹朱红，舒散绮霞

绣于洁白的征帆

铃在终极的彼岸

日月星辰如斯隽永

帆的褶皱里，岸的船舱中收藏……

——2016 年 10 月 20 日

秋分时节

云彩坠入秋天灵魂的调色板
溪流载起漂染了的叶叶扁舟
秋韵放飞迷人蛱蝶的翅膀
蜿蜒踏秋的谿径
向丘壑丛林的心田延伸

紫燕悄然归去
麦种离别寂寞的屯仓
拥抱黝泽肥沃的土壤
牵携风霜雨雪
四季里汲取天地日月的精华

皓月更高洁了
甘露亦更醇厚了
秋菜加老酒的浓香
醉了秋风，醉了星月
嘿，是谁在舞？谁在吟唱……

——2016 年 10 月 11 日

融入骨髓里的怀念

那一年的冬季
梅花开得特别的艳
雪花亦舞得那么的欢
梅汲取雪花的精华
雪沉醉梅花的幽香……

一个可爱的生命
梅开雪舞中啼鸣降生
冷凝的空气倏忽涌动
少见的欢闹与热烈气氛
在整个家族，尤在父母心中升腾

已拥有六个女儿的父亲
喜极而泣的大声喊道：
"有儿子啦！我有儿子啦！"
还喃喃自语："巧转，真是巧转啊！"
"巧转"，一个美丽智慧幽默风趣的乳名

一个家族的记忆里，那一刻
似乎整个宇宙亦随之开怀

七个孩子的家庭
日子过得拮据，那是当然
添丁的幸福喜气在家庭成员心中盈盈

大哥巧转，满头小辫绚烂如花
舞动和绽放全家的冀望
四年后，伟大的母亲又添喜讯
第九却是第二个男丁，随着血脉地流淌
分娩热闹非凡而又温暖的大家……

"诸姑伯叔，犹子比儿"
儒家孝道熏染许氏家族的子孙
一个重大决定影响大哥一生
天降大任于斯人，大哥的幼肩
过早担负起一个家族历史的重任

那种将亲生变成人为的陌生
那种懵懵懂懂的莫名朦胧
那种似离非离的心理阴影
那种撕心裂肺的隐忍苦痛……
又有何人能道明其中的五味杂陈？

"忠远"多么好听而又响亮的芳名
"忠"古代道德重要之规范
心态中正，厚道心诚，忠于家族，忠于亲人……
殷殷希冀，内疚苦痛……
应是当时严父取名的真实初衷！

严寒磨砺梅花的坚韧
冰雪雕塑军人的姿致
"五福花"凌寒留香
清雅俊逸的才情
质朴豪爽的率真……

没有上天眷顾，唯存高远之心
毫无背景之优，唯有睿智坚忍
崎岖坎坷，荆棘丛生
即使遍体鳞伤失去所有
又岂能阻止开启追寻和超越的征程

凝渊取映，凝冽高寒
知识之泉和汗泪盛满智慧渊潭
文笔隽永尽显品质和儒雅
博学强识的才干让人啧啧称赞
浓墨重彩将人生描绘得如诗如画

一种世间最残忍的摧残
莫过于对人的精神灵魂的虐戕！
家庭突遭不测宛若祸从天而降
如奋进征程中
一颗威力无边的炸弹于头顶爆炸

中年丧子打蔫梅花的傲骨凌寒
摧毁继续向前的意志之轮

用麻木消沉醉生梦死前煮的"良药"
为刻骨之痛的心灵疗伤，饮鸩止渴的悲凉
世间有谁愿意来体味品尝？

岁月沧桑，精神的面具已跨过那道坎
黑暗里倏忽伸出摧折生命的魔爪
若逢绝境，谁不期待浴火重生凤凰涅槃？
生与死的博弈，渴望生命的煎熬与挣扎
还有那寒冷黑暗里对温暖光明的企盼……

以生命的名义——承受无法承受的一切！
激烈后的放下，秋空一抹绚丽的云霞
向天边悠悠飘去……
痛苦后的平静，风后一片秋叶的金灿灿
随溪花寻觅梅与雪相约的远方……

——2016 年 10 月 10 日

紧紧攥住幸福的翅膀

——致喜领结婚证的孩子们

在金色的季节
我用丹桂和金蕊
编织绚丽的诗行
送给孩子们温馨祝福和宜人天香

桂香远溢
意蕴着人生美好的内涵
菊韵天成
熠煜着爱情律动的晖光

一次美丽的邂逅
就像两朵云彩的相遇
相融相合，合二为一
将爱情幸福的种子播撒……

红菊含羞将真爱相吐
翠菊颔首将信任相托
太阳菊蓬勃绽放爱情的魅力
鳞托菊摇曳欢歌爱情永恒曲……

太阳喷薄出幸福的灿烂
云彩裁剪出幸福的衣裳
雷霆蓄满甘露的呼唤
闪电储纳触电的光芒……

从此，生活的花蕾
在春夏秋冬里盎然绽放
生活的宇宙
将人生的酸甜苦辣一一容纳

情感和事业是幸福的一对翅膀
爱情亲情友情组成幸福的左翼
理想奋斗成功组成幸福的右翼
双翼在振翅凌霄中日渐丰满和刚强

人生的历程
镌刻幸福兰桡的航迹
创造的火焰
将前行远方的荒原点燃

前行，牵手同行
用心编辑沿途风光的微信相册
采撷和掇拾快乐的硕果
塞满人生幸福的行囊……

紧紧攥住幸福的翅膀

驿动的心就会飞得更高

紧紧攥住幸福的翅膀

心中的梦才能更远更长……

丹桂香馥馥

金蕊泛流霞

用流淌的时光

编织幸福的太阳

让人生的宇宙

披拂绚烂的云裳……

——2016 年 10 月 7 日

又至深秋

雨霁，一只柔若雨丝的纤手
将秋心牵往幽深的门巷
纷纷踩踏金秋裙裾的人流
堵塞赏秋的心路
无奈于飘逸的裙边皱褶逗留

秋风牵携蛱蝶一起飞
芦苇擎摇香槟色的帆
凫雁划拨秋波扩散远方
涟漪感应沙鸥
飞掠波峰突兀翻翔……

厚重云层的脊背飘移疏淡的向往
舒卷银河浪花的绚烂
回眸微笑里却已消散
孤寂凝伫的影子黄昏里拉长
收获喜悦之余日昼收缩趋寒……

远方秋景梦里倏闪
身边最美的熟悉深陷期待的迷茫

还未曾去细想

下一场空灵飘落的雨魂

又欲将被动的等待牵往何方？

——2016 年 10 月 9 日

镌勒的力量

——致第三个烈士纪念日

天安门广场

红旗迎风飘飘

少先队员胸前，红旗一角

红领巾迎风飘飘

纪念碑前花篮，承载哀思

红绶带迎风飘飘，旗杆耸立

冉冉升起红色的骄傲与自豪……

花坛花篮手持鲜花

交相辉映，洁白金黄

片片花瓣，袅袅幽香

如丝如缕哀思无限

丰碑巍巍，浩气泱泱

穿越萦绕寥廓的时空长廊

澎湃历史长河的壮阔波澜

2000 余万朵芳馨金蕊

2000 多万位先烈英灵

一面面高擎的旗

滴滴鲜血染红

一代代逐梦的路

瓣瓣花雨铺就……

黄河，长江

一朵浪花，一个梦想

一缕眷恋，一种向往

涡漩撞击，奔腾绽放

传承接力，绵延不息

历史沉淀里汲取天地精华……

——2016 年 9 月 30 日

一种无力的勉励

若不愿在依赖幻想里苟且生存
伸出骨气之手收回那份乞怜
意志和坚韧淬炼实力黄金
锻造竞争的强大引擎

若不想在风雨潇潇屋檐下徘徊
智慧的行囊蕴积坚挺的资本脊梁
昂起做人品格的头颅
催生梦的触梢触碰诗心和远方……

生活，一种艰辛的幸福
勤劳基因构筑尊严充盈的人格小屋
康宁嘉木植根心灵的沃壤
岁月喧嚣的原野惟有生活静好的植被披拂

何种的力量

如果跌落生命的死荫幽谷
还能让你展开双翼飞翥九霄！

如果以为与生俱来出生卑微
仍能让你淬炼灵魂的高贵和生命的崇高！

如果被罪恶之臂推入罪恶泥潭
却能让你坚守心灵纯净至善的信条！

如果迷失骇浪滔天的汪洋
打开信仰的雷达让你智慧的光线扫描……

——2016 年 9 月 10 日

一代天骄的浪漫

——纪念毛主席逝世 40 周年感赋

岁月荧屏闪烁年轮之光
40 年前今天的情形凝重定格
一颗巨星轰然陨落
宇宙凝滞屏息，人类悲催惊愕

穿越时空的按钮加速揿下
123 年前冬季毛家添娃的画面眼前播展
名不见经传的韶山冲，自此
喜气盈盈，紫瑞冉冉……

房前的潭，屋后的山
绝美的中国泼墨山水画
雕琢诗性，陶冶墨香
诗灵墨韵寥廓山水间倔强生长

湘江河畔的眺望，橘子洲头的浮想
中流击水的壮志，谁主沉浮的忧叹
诗情澎湃的浪漫，墨舞磅礴的力量
为国为民情怀植根心灵深处的信仰……

年轮光束回转那年秋景地闪耀
秋收波澜壮阔，秋魂多姿绚烂
丰润伟人心中的激情浪漫
点燃血火洗礼的诗思墨魂的灵感

镰刀镌刻高歌的谱曲
铁锤锻造高擎的火把
秋季湘赣，广袤大地——开始燎原……
烬燃所有的腐朽没落和贫寒黑暗！

枪杆子里面出政权
诗魂的武装——英姿飒爽
农村包围城市道路
武装的诗魂——壮美傲岸

长征壮丽史诗的诗行
人间奇迹镌勒丰碑之上
金沙水拍，铁索桥寒
雪山巍巍，草地茫茫……

黄河咆哮，雄狮吼咤
诗思席卷，惊涛骇浪
墨剑劲舞，气势磅礴
持久战的思想雕篆飞扬的旗帜上

钟山风雨，雷霆震荡

万里长波谱就人间正道恢宏篇章

诗心驿动民心，墨魂挥颂国魂

千锤万凿铁血铸就民族精神的脊梁

墨香舞动乾坤，诗情激荡如虹

诗人书家的墨韵诗魂已然融入幽邃苍穹

挥动长江黄河如椽的笔触

铭镌伟人心中伟大的中国精神……

——2016 年 9 月 9 日

记忆的意义

——抗战胜利日感赋

9.3，第三个胜利日
71 年弹指间
是否还记得？
那段不该亦不能忘却的历史！

14 年艰苦卓绝的抗战
前赴后继的华夏儿女们
赤诚的鲜血和爱的汁液
沁润曾经富饶的广袤大地的焦灼与贫瘠

民族的血脉
激荡历史长河的澎湃
太阳的胞衣
连接伟大母亲鲜红的脐带

群魔恶鬼的妖妄梦魇
蘑菇云笼罩下骤然覆灭
抗日战争的烽烟
东京湾日落旗降中随风消散终结

亲人失散的悲伤凄怆
家园毁灭的极度恐慌
尊严丧失的奇耻大辱
所有的所有——呼天喊地的无赖绝望……

祸从天降的特殊年份
不堪回想的历史惨痛
撕心裂肺的刻骨痛楚……
东方大家庭的所有成员岂能相忘？

1945.9.3，一个刻骨铭心的日子
永恒庆贺，庆贺永恒！
百年来首次全面胜利
属于世界更属于全球华人！

史海钩沉，追昔抚今
以史如镜，方知替兴
历史无言，精神不朽
岁月诗痕，史诗如虹……

含香秋韵时光小溪涓涓流淌
蜿蜒长河历史记忆荡漾涟漪
一抹绮霞舒卷宇宙幽邃情感
文明精气孕育华夏文明传奇……

——2016 年 9 月 3 日

生命感悟

幽兰绽放过后
花瓣一片片悄然凋零
幽香却未能缠住时间的脚步
跫跫足音，生命律动的节奏……

凋谢一片
葱绿自然徒增一份孤寂
新生的冀望
却多添一次鲜活的萌动

飘落纷纷
孤寂的雪片覆盖生命的原野
覆灭的野心在涌动的潮头里覆灭
新的生命已在孤寂消亡中降生……

虬枝笑露吟风
生命的沃土里植根
微笑一次消灭一片孤寂的基因
一根根笑线串成凌空的生命风铃……

——2016 年 7 月 30 日

致战友

巨轮昂首

呼唤东方的太阳

装满一群人的梦想

驶向陌生的海洋

尚未点缀三点红的军装

新兵的青涩镌刻英气的脸颊

漫长的军旅生涯

好奇和期冀的浪花里启航

梦中海的颜色

拍打天穹翻涌的碧蓝

东海的浑浊

将新兵盛满好奇的宝瓶打翻

风和梦编织的摇篮

涛波与幻觉地碰撞

绽放星星月光的浪漫

暗礁的笑靥已发出不屑的挑战

踏上期待已久的海滩
海浪卷走心里海螺贝壳的收藏
拾起梦外壳类的念想
同遗憾一起装进军旅的行囊

老虎头山峰旋转的高炮
瞄准敌犯的假想
翘望近在咫尺的老同学新战友
遥远得真的不可想象

见面更是一种幸福的贪婪
首次欢聚的记忆刻录于山坡岗楼上
汽酒的泡沫释放阔别的倾诉
淙淙小溪流淌特殊的情愫

走着，走着……
渐渐远离了大海
大海的呼唤，欢笑的浪花
还有初上小小海岛的兴奋喜狂……

海魂岛韵，心中留芳
相思任性泛起，默默遥望
一种眷念，一种拥抱
总是听见那海拍击心房的咆哮……

——2016 年 7 月 29 日

相聚——情感碰撞的浪花

——致 2007 届学员一队的同学

别离后的光阴
跑出超光的速度
以绿色导火索催开花朵的力量
催开最美最具活力的芳华
将一个个青涩稚嫩定格
雕琢出鲜活的事业和温馨的家

穿透发黄的记忆岩石
一颗驿动的心
携飘逸绵长的思绪一起飞
萦绕穿越岁月的回廊
一片片梦的花瓣
散发馥郁馨芳中幽幽绽放

情感的天使
悄然掰开紧握时光的手掌
二十年的光阴凝炼成的心果
泛起红色的光晕
从寂静的情感湖心向天边散发

如火如荼的夏季
终于烤醒散落一地的情感
俯拾装筐，拈起一缕缕封存已久的情丝
拂去覆盖记忆泛黄的尘埃
毕业季的那篇依然如诗如画

宁静的教室
飘过浸润汗渍的书香
一束束明亮的阳光
透过洁净的玻璃窗
洒在一张张青春四溢的脸庞

训练场上风激电骇
汗泪的卷尺丈量恢宏的军旅生涯
一次次精彩心跳，韵脚流畅的诗行
一张张人生试卷，向往的色彩斑斓
灿烂的笑容点燃最美好的时光

友情爱情亲情，事业荣誉家庭
绚丽的七彩线
编织不一样的人生
每一缕彩线的接点
无不蕴藉着人生故事的精彩和精典

或幸福或温馨
或凄寂或缠绵

或痛楚或悲摧

或纵横四海，振翅九霄

或波澜壮阔，气象万千……

一个熟悉的声音，一张动人的笑容

一声温暖的问候，一次深情的相拥

一生难忘的回眸，一抹记忆的彩虹……

融入浩瀚的情感宇宙

融进奔腾的历史长河……

——2017 年 7 月 8 日

致敬重生

——纪念唐山大地震 40 周年感赋

一只美丽的凤凰

展翅广袤的北方

唐太宗的足印

为伊雕琢一个特别美丽的芳名——唐山

扬燕山之魂的巨帆

搏击茫茫渤海上的惊涛骇浪

扼守东北华北之咽喉

通贯京津血脉澎湃贲张

随处可见的名胜古迹

凝固历史烟云的永恒

铿锵有力的历史登登足音

岁月诗痕萦绕城市的灵魂……

驻跸情缘闪耀历史的光环

北方瓷都，皮影评剧

还有那享有盛誉的乐亭大鼓……

城市之树绚丽绽放艺术生命的蓓蕾

黑色的凌晨，黑色的一瞬

（3 时 42 分 53 秒）

40 年前的今天——7.8 级大地震

（相当于 400 颗广岛原子弹突爆）

百年城市轰然垮塌

夺走 24 余万鲜活的生命……

惨烈场景，空前惨烈

痛失亲人，家园毁灭

号哭惨叫将天地心肺撕裂

身陷瓦砾废墟，心陷寒冷暗黑……

惊恐绝望

地震波纵横交错里不停摇晃

无数无辜的生灵惨遭涂炭

城市破碎的躯体里鲜血喷涌流淌

支援力量闻风而动

从四面八方向震心迅速汇集

人性之光，点点繁星点亮幽幽黑暗

人间大爱，簇簇篝火驱逐凄凄悲凉

无限的思念，无边的孤寂

无数的孤儿，无数的落单

重新组合爱的星宿，编织亲情般

柔暖的丝绢将悲伤眼泪擦干

伤残的躯体，摧残的心灵
伫立断壁的绝望，凝视残垣的伤感
无数陌生笑容的温暖里沁润
爱心善心热心的抚慰中平复

自然能制造突发离奇
人间同心能创造神奇
特殊意义上的凤凰涅槃
崭新内涵的凤凰城奇迹诞生！

撕心裂肺的疼痛不会忘却！
熠熠生辉的人性不会忘却！
感天动地的大爱不会忘却！
神圣母亲的伟大更加不会忘却！……

走进这里不仅仅是城市的记忆，还有——
生长精神的沃土，繁衍感恩的基因
日光映射的心中博爱，依兰染薰的人性善良
深深植入唐山人的骨髓和心房……

——2016 年 7 月 28 日

登山

眺望山麓地带

明天开始新的征程

每段路程意义不同

意义叠加却会产生谐振共鸣

击溃掣肘向前的一切

饮啄风霜雨露，攀登，新的前行……

斜晖照在山腰处

三岔路口前伫立

选择——螺旋向上的小径

黑暗在脚下延伸

草丛甚密处停歇

选择——巅峰透亮的香径……

——2016 年 7 月 26 日

献给最可爱的人

"暴力梅"绑架苍穹

奔雷恫吓天庭

掣电鞭挞雨神

吞噬江淮靓丽的颜容，鱼米之乡

活脱脱、眼睁睁——变成泽国汪洋

灾情的无形之手

挥写无声的命令

人民，心目中的母亲和亲人

为了她（他）们的幸福与安宁

锻铸崇高军魂的永恒！

枪林弹雨串起不灭信仰

刀山火海凝炼浑身是胆

敢与洪水猛兽相搏练就绝招擒拿

所有的艰难险阻

无限赤诚前瑟瑟遁逃退让……

爱民之舟

承载百姓的爱戴和信赖

赤诚之炬

点亮民众的惊恐和黑暗

血肉之躯，构筑民心钢铁长城之长……

他们——

人民的子弟兵

祖国最可爱的人

响亮而又美丽的名字！

生命不止，战斗不息的钢铁战士！

永远铭记——人民心碑！

不因退役离岗，不因疾患病残

不因贫困有难，不因孤老凄凉

只为战时流血，不为平时流泪

只为力薄遗憾，不为忘记悲伤……

——2016 年 7 月 26 日夜

在浙大

七月，进浙大
心里揣着一份激动
追寻莘莘学子求学的足迹
体味感悟求是之精髓

"浙江大学"擘窠大字
尽显毛体磅礴恢宏气势
舞跃大门门楣之上
熠熠生辉百年大计的真谛

华家池，昵称"小西湖"
媲美西湖文人骚客心态
浪簇浮萍，柔柳疏影
映衬学子求艺养德心境

夏花绽放
聆听书翻的天籁
幽香浮动
追随风信的芳踪

倏闻老校长的话音

"您好——第几拨？"

"浙大西迁"，遵义湄潭

浙大第二故乡，历史的回声

竺可桢大师眯眼问话

超然物外神态端详，环顾陌生的穿往

120 载光阴凝炼"求是"真丹

辉映不可湮灭的历史辉煌！

——2016 年 7 月 25 日

华诞赞礼

——纪念党的 95 岁华诞感怀

您迎着夏日的晨曦
精神矍铄地走来
九十五年的风霜雨雪
镌凿出您坚毅的绝代风采

莱茵河畔的幽灵
在古老的中国上空徘徊
克里姆林宫的炮声
震醒东方睡狮的惊雷

九十五年前的那个盛夏
您在硝烟贫瘠的大地上分娩
阵痛时的呻吟与呐喊
开始了沐浴苍生的洗礼大典

您的热血甘洒江河湖海
前方的路却漫漫而修远
点点星火燃遍千峰万壑
千军褴褛同与红旗漫卷

卢沟桥的石狮在怒吼
到了最危险的时候
风雨飘摇中的山河
亟待儿女们齐心匡救

咆哮的黄河水从天边奔来
激荡着母亲苍凉的胸膛
夹带着愤怒的滚石泥沙
将凶恶的怪兽埋葬灭亡

奄奄一息的东方巨人
伟岸的躯体遍体鳞伤
医治创伤，撕去褴褛
为母亲穿上美丽的新衣裳

内战硝烟再次将母亲熏哭
伤口在流血，垢面未梳妆
正义的风暴横扫东西南北
沐浴后的母亲从此风范泱泱

前三十年的不断探索：曲折艰辛
历史的必然，必然的历史
唯有深刻才会有深刻后的反思
真理和智慧的力量在人民这里

后三十年的改革开放：丰硕累累
发展是硬道理，硬道理是发展

唯有醒悟才会有醒悟后的迸发
科学与和谐的力量在人民这里

再三十年的发展：科学思量
廉洁的土壤花开四季
民生的大树四季葱茏
民主的果实浓缩着——真正的民意

五千年的文化积淀
五千年的文明底蕴
深得民心中构筑中国梦
以人为本——执政理念的永恒

——2016 年 7 月 1 日

端午情思

菖蒲从诗经里生长
散发离骚的馨芳
与艾蒿相约
牵携五月端阳

蒲剑高悬
守护江边渔父敲碎的灵魂
艾旗高擎
传承千载民族文化与文明

角粽包裹特殊的千载思情
粒粒相拥串成瑰丽的诗行
艾香蒲香粽香酒香……
节香致远，穿越千年的历史长廊

怀沙，生死别离沉重的诗行随汨罗江水流淌
甘冽雄黄一樽还酹屈子魂殇
蒲剑划出一道道撕裂黑暗邪恶的闪电
光明与正义烈火中涅槃

竞渡龙舟从史河深处离弦而发
一个接一个终点撞线的欢呼雀跃
震天号子，历史时空激越回荡
民族情怀民族风韵，龙的传人千秋歌乐

蒲须如髯飘拂浪漫久远的节香
历史之珠的晶莹折射朝代的盛衰兴替
古老的黄河长江，载满历朝历代的梦想
迎风击水八万里——飞骞九霄……

——2016 年 6 月 9 日

路（外一首）

路，宇宙的梦想
将大地、大洋、空天编织成网
穿越浩瀚的无垠
通达妙境的门槛

湍急江河，浩碧汪洋
千里沃野，起伏山峦
深邃悠远，舒散绮霞……
无不放飞绚丽梦翎的向往

车舟管线，形态各异的航天器……
欲揭神秘面纱，探索测绘丈量
辐射征程信息，镌刻美丽诗行
人类智慧的光芒——生命新的彼岸……

——2016 年 4 月 8 日

光与暗

暗，时常无声抹黑世界
引发世人对光的渴望与追想
无穷想象光的绚丽色亮
冀望之焰点燃心底的幽暗
暗与光在求索的征途此消彼长

晨曦睁开眼睑邂逅瞬间黑暗
曦晖燃烧，熔断黑暗回路
晨星闪烁，银河涟漪荡漾
天弓射出光明的射线
幽幽黑暗坠落地球的心脏

光的温暖之手
抚慰黑暗里煎熬的希望
酝酿奇妙色彩，调制神奇霞浆
漂染瑰丽色彩，巧裁世间云裳
黑暗隐遁光的盲区等待窥望

光天化日下，黑暗依然活着
藏在宇宙神秘的黑匣里

缠绕生长光亮的基因

若不信，请即刻闭上

炯炯有神绽放光明的眼睛……

——2016 年 4 月 8 日

春天

桌案上的银心吊兰

葳蕤生长绿色的恣意

触碰伏案温暖的脸颊

融化了小白花末梢的凝寒

眨闪星星灿烂的眼睑：春天到了

远处的风筝

将春天举过头顶

携童真一起飞

赤橙黄绿青蓝紫

成长的彩练舞动蓝天欢乐的心絮

山峦抖落过往的沉重

舒展春天曲线的轻盈

雁阵归北，遥忆眷恋

鹭群飞起，白翅翩跹

黑白畅想放飞美妙的音翎

风，内心的洁静

欲驱广袤大地上萎靡之物

风，浪漫的冲动

欲吟沿途旖旎风光的诗咏

拽住厚重的衣袖，走！挥别不可一世的冷漠……

——2016 年 4 月 7 日

向阳花（外二首）

旭日打开唱盘
放下阳光唱针
一首不朽歌曲天地间传唱
我们的队伍向太阳……

凄风苦雨中
肩并肩手挽手相互搀扶
宽大葵叶制作铠甲
默默承受和相互掩护

浓浓夜色里
向阳的信仰从未变更
等待沐浴第一缕阳光
汲取甘露散发幽香

广袤原野上
坚韧战胜贫瘠和干旱
孕育饱满的籽种
繁衍顽强追逐太阳的冀望

在丘壑，在高冈
在陌头，在垄沟……
无论扎根哪里
总以列阵待发之姿向阳仰望……

（一）竹

春风梳理她的灵魂
雨雪雕琢她的笑容
依偎清泉溪流
将韧性扎根山岩泥土

撕下头顶上云彩
缝裁御寒的围脖
酿造流云霞浆
制作妆扮宇宙最精美的胭脂

扯断飘逸灵动的雨丝
定制独特创意的项链
相约黄昏香径
雨珠晶莹将浪漫故事串连

叶唇鱼般的露叶
恣意摇曳雅骨和清纯
牵携节律的光翎婆娑共舞
山水间挥泼岁月清新的诗痕……

（二）麦

秋风收割了整个秋季
却把麦种抛洒
雨露将爱的深沉
让滋润的自由体加速坠下……

沉睡的姿致
蕴积麦浪澎湃的能量
霜雪以寒冷抵御寒冷
用黑暗遮挡休眠的光亮

破土的嫩尖
生长出追逐光明的冀望
彩云舒卷
创作沃野千里的美丽神话

闪电打开生物原典宝库
穿越万年的幽径
扎格罗斯山脉与肥沃的月湾间
考览麦种祖先故居

野生一粒，升级野生二粒
同拟斯卑尔脱山羊节节麦联姻
汲四时中和之气，牵手越过孔雀河
强势占领地球各个村落……

一朵朵麦花，一枚枚梦想

激荡起大海般金色的浪漫

轰隆隆的雷声是激情的鼓掌

麦浆鼓满的喜悦沸腾了黑黝黝土壤

簇簇向上的麦芒

擎起基因的倔强

采撷天地四时元素

丰富生命的真正内涵

蕴积播种希望的饱满情感

胸怀以食为天的终极信仰

壮丽的生命旅程

生命哲学天空下无限延亘……

——2016 年 3 月 2 日

除夕

雪花片片，催归的书函
游离已久的情愫因子
激起回归母体的强烈欲望

片片雪花，定制的新装
爱如滚滚的春潮
每一支血管涌动归巢团聚的期盼

长江黄河龙的图腾，擘窠大字巨幅楹联
一幅幅瑰丽剪纸把展望张贴窗棂
一串串大红灯笼将喜庆高挂心尖

道道馔珍鲜香蒸腾
年的味道，家的味道
爸爸妈妈的味道——温馨天伦的亲情

鼓鼓红包塞满希望繁星
谆谆寄语，满满祝福点亮新年黎明
欢乐烟火随新春祈盼升空

不眠之夜，守夜时分

心灵电波发射人类情感流星

缕缕情丝构筑人世间绚烂霓虹……

——2016 年 2 月 7 日

新的太阳从心中升起

——孙儿满月宴上的真情告白（为爱人的友人作）

漫长，其实
并不漫长的等待
我自豪（喜极而泣）地向全世界宣告：
我——当奶奶啦！

可爱的小家伙
降临时的啼哭声
划破我心灵的天空
像惊风激电将往事的云层翻腾

可爱的小家伙
握着我的手指吸吮
像握紧生命的接力棒
镌刻繁衍家族庚续的崭新铃印

孙儿每一举动
皆触碰心灵的湖面
情感的涟漪从最深处向外扩散
闪跃的记忆将幸福湖海走遍

我的青春蓓蕾
含饴弄孙中绽放
青春的句号在亲情笑靥里消融
价值的兰桡在生命长河里纵情荡漾

——2016 年 1 月 29 日

触碰

光阴之石
击起一圈圈追忆涟漪
触碰情感的特区
心间香径朝着怀思的彼岸延伸

嫩绿的芳草
淡忘厚雪压抑的郁闷
依偎芳菲上的爱情
幸福蜜汁在小草嘴尖留存

小鸭般踉跄的步履
每一步都走在心灵的草坪
镌下温馨的记忆
成长在芳草天涯的故事里

杜鹃绽放血脉的澎湃
点燃春天山峦的诗情
清冽的基因之泉且行且吟
穿越丛林丘壑，融进满目风烟……

——2016 年 1 月 26 日

溪流

溪流凝聚大山的内营力

流淌山魂血脉的内涵

晶莹的思念搁浅故乡的河床

冀望之舟解开港湾的缆桩海上扬帆……

清冽溪流奔放心路的蕴涵

冲撞洄旋心灵的弯环

甜丝丝的温馨

酸溜溜的苦寒……

潺潺溪流弹奏天籁的韵响

母亲呼唤乳名时的幸福安详

和煦的风心田驰荡

思乡的梦踏破家乡老屋的门坎……

奔涌溪流激荡野谷的铿锵

父亲谆谆教诲时的严肃慈祥

娇弱的嫩苗注入勇敢的营养

不须回头，一直朝前闯……

蜿蜒溪流拍打情感的滩涂
芳华的沙滩演绎精美妙翰
龙腾凤舞荡气回肠，诗情之剑
挥篆一篇篇朝华夕秀的诗行……

——2016 年 1 月 25 日

冬雾（外一首）

隐约的山守藏神秘

沉默的湖凝固波光

云雀鸣唱湿漉漉树干上

焦躁不安的旋律

悬挂羁旅者迷失的心房

氤氲缭绕太阳的帆

云层集聚凝结酝酿雪花的梦想

宇宙黑洞旋转起滔天浪眼

横绝苍穹的冲浪姿致

冲击在暴风骤雪的前方……

迥眺溟濛，覆盖千里

秋的金灿灿记忆

困在特殊交接方式里的窒息

凝滞了时间迷蒙的眼睑

缓缓涌动向天边弥漫灰暗的墨色……

寒流

清冽的雨丝
玉女披拂的薄纱
冬天 T 台首秀冷峭和娇羞
冲洗地球马拉松长跑后分泌的污垢

银杏黄别离凌空的冷淡
羁旅骚客追随欣赏和向往
温暖的脸颊与坚实的肩膀
那一地的跫音远去的铿锵

呼啸挟带无形锋刃的寒光
撕裂迷濛的雾幔
掠过直插云霄的山脊
劈开一朵朵江河湖海的浪花

葱绿南方的暄和
随飞舞的树叶惊恐而散
顶风斜行的人们
将金秋滋硕踩踏在焦虑不安步履之下

太阳终于探出冻红了的脸颊
少女明眸向外窥探陌生的世界
黄绒绒的风衣披拂厚载万物的大地
这是秋天最后的慷慨

舒展节律的帆
挥舞宇宙的画笔
童话的美丽压满船舱
寒冷黑暗沉降严实的冰川之下

阳光下列队报数的冰凌
高悬起消融的浪漫
敲击生命之键
温暖光明的音符跳跃时空指尖之上……

——2016 年 1 月 25 日

祝福
——翠兰姐姐七十周岁华诞感赋

严寒中诞生
雪的纯洁品质和情怀
又宛若多姿多彩的翠兰
吸纳隆冬阴霾，呼唤春的到来……

勤劳善良的沃土
厚植种子的希望
屋后的三分土地里
幸福之苗倔强快乐地成长

爱的杠杆撬开压在向往冲动的岩石
一张方桌，一杯淡茶，一碗粥饭……
美好城里生活的小屋
心灵星空一砖一瓦地构筑

智慧的炉火
熏蒸烹炒诚信的糕点和大餐
品性的蓓蕾
信誉的节律里四季飘香

信心紧握执着的镐头
刨平创业征途的坎坷
贫寒并不能淹没一枚枚如花的笑靥
梦翅携信风明天希望的时空里翻翔婆娑

煤油灯闪烁自信的微光
点燃温暖的光芒
聆听一针一线亲情血脉的流淌
勇敢向前的铿锵蹬音驱散寒冷黑暗

一坛一罐一筐
装满腌制风干的牵挂
嗷嗷待哺的众口里一点一滴省下
母爱的营养蜜汁护佑兄弟们一个个长大

喜鹊登枝衔来新春的绮霞
编织七十年悠悠时光和亲情丝缕
献上盛满兄弟们最真挚的祝福
最美丽的花篮，献给亲爱的姐姐——翠兰

——2016 年 1 月 22 日

初雪

悄临的雪花
飘起窗内内心的惊喜
电话那头爱人笑靥如花
一种喜悦的分享

一盏盏羸弱的灯光
倏闪一种期待的色彩
眺望的姿态
江南古城雪景的想象……

童话里孩童摆放的火柴盒
歪歪扭扭地排在拥挤的街路上
红色的尾灯酗酒的醉汉
雪花迷失在机械人流碾压的野蛮

江南的冬天
携雪花真的飘然而至
飘落的天籁却在夜空里戛然而止
不堪入目的城市乱象

乱糟糟，灰蒙蒙，湿哒哒……
江南冬季当下特别的景象
污浊的秽气吞噬雪花的洁净
时空的力量创造心灵的纯真

是谁将江南冬季之美
悉数劫走？
雪花无言，眼泪奔涌
道不出的一种凄凉……

——2016 年 1 月 20 日

雨夹雪

敲击春天的琴键
别离的泪滴
初雪蓓蕾
指尖上的诗意

夜幕下的小夜曲
冬天的慰藉
催眠破土的嫩芽
喧嚣挣扎过后的寂静

枝丫上少量的积雪
刻录晨雀觅寻的印迹
清脆的鸣响穿透湖面的雾岚
薄冰上美丽的蕾丝纹纂锈少女的春衫

风中飘逸黄色的马尾辫
墙垣上攀援的倩影
翻越寒冷记忆的门坎
迎春的主题融化灿烂的笑靥

挺着腼腆的孕姿

无意与沉重的雨滴对话

感知翩然雪花，梅雪之约

香韵天成，天作之合的浪漫

凭倚古城春江潮的石碑

聆听金山湖激情的腾翻

远山驾驭赤骥昂首扬鬃

雪霁雨未停，雨霁雪未融……

小溪野草芳菲……蜂拥而至

彻底洞开春天的绣闼

一叶草尖划破春天的秘密

一抹嫣然微笑温暖新的韵律……

——2016 年 1 月 20 日

冬语

蒲公英跳伞的英姿
蜷曲的野菊惊羡仰望绽放
寒冷的因子击穿秋的胸膛
吟啸捎来西伯利亚昧中的凛寒

风翼在不甘寂寞中滑翔，枝桠
一夜间失去为之眩耀的葱灵
赤裸裸面对苍白的天穹
陌生大地旋转羞涩与苍凉

继弥漫之夜后，雪花逾期而至
一抹芳影，一片芳心
梅蕊拥洁雪娇羞
琼琚枕梅魂醉衾

遐思蜷缩紧闭的小屋
渴望跳跃的炉火
爱的诗意围红炉冉冉
孤寂消融幸福的蜜汁流淌

黑夜收藏淬火的思绪

寒冷叨念灼烈，幽暗眷念光亮

千杯醇香难解郁结

擎起一匝欢乐的醇浆酣畅称觞

雪的光泽折射温暖的记忆

温存疼痛的创伤

却已孕出春天的翅膀

月华千里梦乡驰翔……

起伏山峦，太阳那头等候

聆听语意天籁与馨芳

濯纯心中那一汪澎湃的海水

迥眺天边那一抹舒散的绮霞……

——2016 年 1 月 15 日

悄悄将怀念风干

记忆中的小岛
四周盛开着浪花
花蕊是那片火热的土地
梦中兰舟从这里鼓帆启航

汹涌的海浪
编织脆弱与痛苦的摇篮
从此，坚韧在猎猎旌旗上神采飞扬
靓丽的青春蓓蕾耕犁的海岸

肆虐的台风
撕碎柔洁的月光
衔枚巡逻穿越蜿蜒的海防
泰山重责扛在钢铁的臂膀

寂寞的子弹
携梦想一起飞，击穿思念的靶心开花
意志，汗泪飞泉悬挂高山
毅力，寒霜冰雪凤凰涅槃

风与海的对话
岛魂海魂军魂磨砺美如笑靥的茧花
风携沙石肆扰雷达寻觅太阳的方向
栽种的草木将爱的诗痕深深珍藏

岁月的史诗
流淌历史厚重的诗集芳香
幸福记忆的丝缕定制美丽的书签
思绪的帆随泛黄了的丝带飘拂翩翩……

火热的沃土
如火如荼节律勃动的浪漫
稚嫩青涩剥落熊熊的炉火
纷敷华实时节邀对春风擎杯泛霞

小岛的梦幻，无限的眷恋
一朵朵绽放的幽兰
和煦的风将她无声地风干
盛放心灵深处特制精美的红匣……

——2015 年 12 月 28 日

时间的门槛

啼鸣坠地，触碰时间按钮
一双无形之手推开前门
赤裸裸匆忙而来
母亲心疼地轻揉摔出的瘀青
胎记，一个不得不接受的亲切烙痕

爬行立走，背负的行囊
空空如也至泰山压顶
自此，气喘吁吁簇拥焦虑不安
渐渐低下昂扬的头颅
弯下曾经挺直的腰板

背负的一切
欲望的宝贝，生命的负担
欲留太累，欲弃不舍
纠结，痛苦地纠结……
一出出悲剧自导自演的悲催

一不小心，行至时间的后门
仰视门槛拦住的去路

正在苟延残喘时
倏忽听见洪亮的催促声：
一切留下，哪怕是一丝半缕……

一缕青烟从门后袅袅升空
留下机械物质的一切
时空的巨池里弥漫腐朽的怪味
幽灵的飘絮飘荡、飘泊、飘零……
才想起寻觅一滴滴可怜的慰藉……

——2015 年 12 月 22 日

生日的歌

——献给爱人生日的礼物

初雪后的日出
喷薄灿烂的笑容
紫瑞天呈，云蒸霞蔚
万里送来祝福……

风是云的翅膀
云是太阳的霓裳
雪是雨的精灵
爱是幸福的天使……

一路走来
快乐和幸福协奏人生主旋律
欢笑携浪漫共舞
自强与奋斗并肩……

一路走来
手拥玫瑰，脚踏蕙兰
寒催荔挺，梅雪同衾
旖旎岁月，同舟携行……

一路走来
艰难沼泽的涟漪
淡淡微笑中荡漾
烦恼的烟云智慧美髯里飘逸……

一路走来
淡淡的日子，淡淡的人生
淡淡的快乐，淡淡的幸福
淡淡的情愁，淡淡的诗梦……

追寻平淡
人生的最终归宿
习惯厮守
爱的境界里最高的追求……

一路走来，长相厮守
生活轨道刹不住的习惯惯性
淡淡平平，平平淡淡，
已然成为我们生活的全部……

——2015 年 12 月 4 日

银杏雨

寒潮穿越秋的门楣

呼啸扑向冬的怀抱

携手爱人淋一场银杏雨

静静倾听覆盖冷绿的草地

诉说孑遗植物的传奇与写照

7000万年前，地球地理气候突变

银杏类逐渐灭绝中哀嚎

唯独东方银杏傲然屹立

数千年不变基因

清奇俊美挺拔凌霄

鸭掌姿态的叶片

踏奏春天的韵脚划行

冬春的唱片

夏秋的唱盘

一曲曲生命之歌勃发火热的诗情

折扇打开的叶片

摇曳素节的浪漫金风

枝桠挂满滋硕淡泊的心境
一枚枚乐舞图腾
辉映幽邃的苍穹

活化石般的叶片
承载数千年的岁月沧桑
见证道之不尽的无数传奇
一圈圈曼妙年轮
珍藏历史的钩沉

银杏雨衔金翩舞
金色大道伫立——如诗如画
秋与冬的对话：
金色温馨地问候
天真无邪地赞叹

雪中梨园

雪舞梨花的姿致
每一枚黄梨金灿灿的球形舞台
白衔金、金间绿，收获的格律
呼啸的风之手调试天地音响
"梨园子弟"丰盈缀枝
玉骨冰姿尤显典雅清扬

纷纷的雪花
春天里的梨花雨
缤纷山河的写意
吟诵印象主义的《诗经》：
"北风其凉，雨雪其雱
北风其喈，雨雪其霏"……

雪花绽放梨花的笑靥
飘逸的记忆拂动梨园主人的心弦
冀望聆听蒂落的天籁
临风一曲荡气回肠的创业长歌
骨髓里凝聚的军人胆气
再次催放血性芳华

退休后的分秒时光
填平岁月年轮的蜿蜒沟壑
踏上赴冀学艺之路
五十亩沃土上擘画新的天地
一串串晶莹汗珠根植基因的纯情
携手伴侣且行且吟爱的纯真……

抖落寒峭
凝脂欲滴蓓蕾春的含义
一种传艺授道
特殊意义的"人工授粉"
沉甸甸的美德"硕果"
贫困和精神的饥渴满足果腹之乐

飘雪般的梨花雨
飞扬梨园主人喜悦和幸福的笑容
金灿灿的梨，金子般的心
梨花雪的韵致舞动学子的心絮
聆听真挚情愫的美妙音符
陶醉满园散发的芳馨

梨园雪霁，寂静的景致
晶莹的水滴坠入收获的梦境
蒂落，大地幸福的期待
浪漫吟咏奇绝的《诗经》
"雨雪瀌瀌，见晛曰消
雨雪浮浮，见晛曰流"……

——2015 年 10 月 7 日

胜利者回眸

——纪念抗日战争暨世界反法西斯战争胜利 70
周年（第二个胜利日）

用自己的方式纪念我们的胜利日

70 年后昔日东方主战场

成为世界向往的海洋

炫丽的中国红与国际时尚色

天安门广场澎湃交融

120 年前，狼子贪婪的欲火

点燃甲午烽烟

腐朽没落的一切

野蛮的烽燹里烧焚

从此，东方上空徘徊复兴的幽灵

84 年前，9.18 扯去

恶魔贪食吞噬的遮羞布

那一刻起耻辱和苦难从天降临

漫长的 14 年岁月里

晦暗与愤怒笼罩整个祖国的苍穹

78 年前，卢沟桥的枪声
惊醒沉睡已久的东方雄狮
怒吼喷射悲愤壮烈的火焰
战斗号角之风席卷广袤无垠的原野
国共终于携手擎起抗日的猎猎大旗⋯⋯

持久抗战的史诗
闪耀人民正义战争内在规律的光辉
正义必胜，人民必胜
真理汇聚起磅礴的伟力
铸造矗立正义广场亿万人民的心碑⋯⋯

14 年的浴血奋战
8 年的全面抗战
8 年的同心戮力
8 年的风雨同舟⋯⋯

惨绝人寰的屠杀中
拯救几近泯灭的人性
丧心病狂的摧残中
挽救几近焚烬的良知

历史的风雨
洗刷玷污了的文明纯真
从未缺席的正义审判
慰藉逝去了的冤屈英灵

70 年后的今天
玩火自焚的群妖恶魔
被正义的铁锤
——彻底钉牢历史的羞耻柱……

奔涌的历史长河
荡涤民族的耻辱和冤屈
复兴之绢擦亮历史的铜镜
和平的云彩正义天空自由自在地飘拂……

心仪中国红——璀璨映霞
时尚国际色——交融霓虹
理性的正义，热爱和平的人民
最靓丽宇宙的色彩真正拥有的主人

——2015 年 9 月 3 日

记忆岩石上的情感雕塑

初夏的风
掠过春天的脊背
赋予今年夏季一层特殊的蕴意

每人心灵的天空
悬挂一张情感的琴
厚重的尘埃烙上泛黄古老的印痕

时光凯歌前行
从不等待，志存高远的豪迈
自转公转里磨砺更觉自在

钢花以奔涌的姿致
离开熊熊火炉蜿蜒追逐时
将不该带走的胆怯和懦弱全部剥离

太极鱼的图腾
轻柔与空灵的克刚之石
无形光阴终成锋利之刃……

记忆的岩石
顽固的特质
眼前确应留存的一切随风而去

征帆升起
军号之风下的站坡英姿
解开首缆编队启航鸣嘶……

胆略与气魄的滑板
穿越惊涛骇浪下的波谷浪峰
团队的彩练舞起绚丽的霓虹……

雷达情感的扫描光线
穿透时空的阻隔
脉冲信号脉动水兵真挚情谊的特别……

鼓帆的张力
时空的磁力
大海潮汐力，光阴之剑……

坚硬的记忆岩石上
风过，厚重泛黄的尘埃遁去
大海和白帆绝美自信的底色……

打动蛟龙的心灵
感动海天的灵魂……
海魂军魂鸿篇巨制的雕塑——徐徐舒卷

浪花挥别诗痕的沙滩
记忆之舟退下眷念的滩涂
汗泪携陌生泡沫一起飞——彼岸远方……

——2019 年 5 月 11 日凌晨

后　记

　　这次真的要出诗集了。这几年，我的心一直在徘徊的灵魂里纠结，是否要出诗集？我的拙作对社会是否有价值？后来有一次聆听老师授课时，豁然开朗，终于确立了信心。诗人或作家的作品首先是悦己，再次是悦亲，然后才是悦人悦世。

　　我的老家在安徽枞阳县，1955 年 7 月 1 日前隶属桐城县（今桐城市），桐城在清代被誉为"文都"，主要是因为桐城派在清代时期的极大影响力。桐城派理论体系完善，创作特色鲜明，作家众多，作品丰富，称雄清代文坛长达 200 多年，在国内外都产生了广泛而深远的影响。方苞与姚鼐、刘大櫆合称"桐城派三祖"。方苞祖籍枞阳（枞阳"桂林方氏"，亦称"县里方"或"大方"十六世），与明末大思想家方以智同属"桂林方氏"大家族，是清代散文家，桐城派散文创始人。刘大櫆今枞阳县汤沟镇陈家洲人，师事方苞，深得方苞的推许，又是姚鼐的老师，故为"桐城派三祖"之一。戴名世虽出生于桐城孔城镇清水村，但 6 岁时就随父到当时属于桐城的枞阳陈家洲读私塾，与桐城派方苞交往甚密，论文主张对桐城派古文的发展有一定影响，为桐城派的形成奠定了相当的理论基础。枞阳老家流传这样一句桐城派顺口溜：桐城的名，枞阳的人。一方水土养育一方人，枞阳深厚的人文底蕴和丰富的文化营养，培育了一代又一代文人骚客，我似乎也从中汲取一盅半盏滋育了我的文学兴趣的细胞。

何时开始作诗自己也想不起来了，回眸幽幽忆海，曾经的一次次撞击，一圈圈漩洄，一朵朵浪花怒放，镌勒下瑰丽的岁月诗痕，诗性从骨血里萌生。最深刻的一次是 1986 年冬季第一次去爱人家，别离时作了一首小诗，那是诗情与爱情第一次碰撞闪电勃发的结晶，可惜人生的第一首情诗已轶失找不到了，大概的意思还记得，是欲表达自己心灵深处的爱恋之情，更是冀望自己所爱的人能欣然应允。

自幼受父亲的影响，6 岁时父亲即开始教我练习书法，书文同源。记得上小学伊始，每天中午不休息，认真完成老师布置的语文作业，抄写单字或词组，每次皆得满分，老师总会在第二天的语文课上拿着我的作业簿在班上同学面前表扬一番，心里总是美滋滋。曾有一次也是仅有的一次被扣了一分，没有得到老师的表扬，心里难过得一宿都没有睡好，下定决心下次和以后都要得满分，每次都要得到老师的表扬。到了四年级开始每周写一篇作文，一直到高中毕业，语文老师总会在班上朗读我的作文，下课后同学们争先恐后借阅，尤其是女生们，我也往往坚持"女生优先"的原则。

后来去了东海一个小岛上当兵，那两年是锻铸心灵韧度，磨砺意志强度的两年，同时也将我的诗性投进了这座特殊的大熔炉里一起淬炼。1983 年 8 月，我考上了军校，这是人生的一个拐点，踏进军校大门后将一颗如饥似渴的心贮存到书香飘逸的知识银行（图书馆）里，倚书染熏，诗思携诗情在诗性的清泉沁润中快乐而又倔强地成长。尤其值得回味的是每天利用午饭后的一个小时的休息时间，将两张小方凳叠加，正襟危坐在小小的床头柜前，在同学战友们的呼噜节奏和呓语声中临帖习字，自那时起砚田耕耘不辍。

阅读是丈量世界的开始。我的阅读方式是在吟咏中挥毫泼墨，在点翰中用心默诵，每遇好的诗词或诗句，常常会心潮澎湃，难以平静，爱不释手，热血与翰墨共舞；每创作一幅"书法佳品"，诗词的内涵和真挚的情感在浓淡枯湿中淋漓展现，久而久之，诗情吐墨香，墨韵传诗情。

航海，从未想过自己会学习而又长时间从事的事业。军校毕业后的二十多个春秋里，我的诗魂紧紧攥住横绝空天的海魂之臂，开始了驰而不息的闯海踏浪滑翔，以青春的烈焰锻造血色军魂，在海天之间追逐心中凝练的梦想。就在此时，我的两位战友先后出版了诗集，蔡永祥先生的《爱的滋味》，柳江南先生的《匍匐》，令我倍受鼓舞，像沐浴骀荡的春风，灵感之苗在诗情的沃壤里抽芽茁壮，便从此一发而不可收，先后在《人民日报》发表散文《支撑人生的根系》和《好女儿·雨中赏荷》诗词，在镇江主流媒体《镇江日报》、《京江晚报》、金山网、《金山》杂志等发表散文、诗歌百余篇。诗歌《紧紧攥住幸福的翅膀》荣获第二届"中华情"全国诗歌散文联赛银奖、《中国当代文艺名家名作年鉴》（2018 年卷）评审一等奖并入编。《鹊踏枝·兰园榕树》在第二届"清明遇见诗歌"综合性诗词文化活动获选并发表。三首诗歌作品入选《江苏诗歌地理·2018 卷》。与此同时，砚田墨海喜结硕果，书法作品先后在全国各项大赛中获奖。现任中国硬笔书法协会诗书画艺术创作委员会副秘书长，全国少年儿童书法、硬笔书法大赛暨规范汉字书写大赛江苏赛区评委，江苏省镇江市硬笔书法家协会副主席。

　　诗集《风翎》即是我的梦的翅膀在人生宇宙间划下的印痕，是对生命美好、时光流逝、情感人间等的眷恋、追忆和诗颂的一种方式，用诗歌的先锋性、浪漫性、激越性等，传递时代的正能量，唤醒潜在的正能量，愿能以诗歌的韵律的特殊魅力，传染给也如我年轻时候似的正做着好梦的青年，或有着丰富人生经历、梦翅在心灵天空翱翔的人们，这就是出版这本诗集漫长心灵路径的过程和缘由……

2019 年 2 月 26 日深夜